JURÉE

BOUND BY BLOOD BOOK 3

JURÉE

BOUND BY BLOOD BOOK 3

RICHARD FIERCE

Droit d'auteur

©2025 Richard Fierce, pour le texte
©2025 Richard Fierce, pour la traduction français
Titre original: Sworn
ISBN: 979-8-89631-070-9

Dragonfire Press

SHAOING
SHINRAHA MOUNTAINS
TATENAGAWA
IKJE
DANGJU
ZHENCHENG
WONCHEOK
JINSEONG
TAEPO
KIMCHON
GANGCHEOK
POSONG
LEGEND
CAPITAL
SHRINE
CITY
MOUNTAINS

1

Akuhara se tenait au sommet d'une falaise surplombant le campement des Drakka, son armure sombre scintillant à la lumière des centaines de feux de camp disséminés dans la vallée en contrebas. L'air était chargé de l'odeur de fumée, et elle plissa le nez à cette senteur. Son dragon reposait, lové à ses côtés, tandis qu'elle contemplait la horde avec un mélange de fierté et d'inquiétude.

Le campement était un étalement chaotique de tentes, de pieux aiguisés et de Drakka errants. Leurs grognements gutturaux et leurs sifflements emplissaient l'air, une symphonie discordante qui écorchait les pensées d'Akuhara. Elle pouvait les voir se déplacer en groupes nerveux, aiguisant leurs armes, dévorant de la viande crue, et parfois se disputant entre eux. Ils étaient puissants, certes, mais indisciplinés, rebelles. Seule sa magie les maintenait sous contrôle.

Elle inspira profondément, le poids de cette guerre pesant sur elle.

Que pensent-ils de moi, à ton avis ? se demanda-t-elle, son regard s'attardant sur deux Drakka qui grognaient autour d'un morceau de viande.

Ils te craignent, gronda son dragon, sa voix comme un grondement sourd qui résonnait dans son esprit tel le tonnerre. *Comme il se doit.*

Les lèvres d'Akuhara se tordirent en un sourire amer. *La peur est un outil puissant. Elle les maintient obéissants. Mais ce n'est pas suffisant.*

Le dragon inclina la tête, de la fumée s'échappant de ses narines. Ses yeux se plissèrent tandis qu'il l'étudiait. *Le doute persiste dans ton cœur. Pourquoi ?*

La main d'Akuhara se serra en un poing. Ses ongles s'enfoncèrent dans sa paume, la douleur l'ancrant dans le présent. *Parce que ce n'était pas censé être ainsi. Je voulais reconstruire, créer quelque chose de meilleur. Mais ces... créatures... elles ne comprennent que la destruction.*

Ses mots restèrent suspendus dans l'air, et le regard du dragon ne vacilla pas. *La destruction est le chemin vers la renaissance*, dit-il finalement, son ton teinté d'impatience. *Pour créer quelque chose de meilleur, tu dois d'abord balayer ce qui est brisé.*

Akuhara se détourna, la mâchoire serrée. Son regard dériva vers l'horizon, où les lumières vacillantes d'une ville lointaine parsemaient le paysage comme des lucioles dans la nuit. Cette vision réveilla quelque chose de profond en elle – un souvenir, non sollicité et importun.

L'air des jardins avait toujours senti le jasmin et la terre fraîchement retournée, un mélange enivrant qui persistait encore dans l'esprit d'Akuhara, même maintenant. Elle n'avait pas plus de huit ans, accroupie derrière un massif d'azalées imposantes, ses genoux enfoncés dans la terre humide tandis qu'elle regardait à travers les interstices des feuilles. Devant elle, une fille se tenait dans la lumière du soleil, une épée d'entraînement en bois fermement tenue entre ses mains.

La fille – Kai – bougeait avec une détermination brute, maniant l'épée en larges arcs. Son front plissé par la concentration, la sueur luisait sur son front tandis que sa respiration se faisait rapide et saccadée. À côté d'elle, un homme imposant se tenait les bras croisés, son expression sévère mais fière alors qu'il corrigeait sa posture.

— Encore, ordonna-t-il, sa voix profonde portant à travers le jardin.

Kai hocha la tête et ajusta sa prise, son petit corps tremblant d'effort. Elle était si concentrée, si complètement absorbée par sa tâche qu'elle ne remarqua pas Akuhara qui l'observait. Personne ne le remarquait.

Akuhara resta cachée, se pressant davantage dans l'ombre des azalées. Elle n'était pas censée être là. Elle n'était pas censée exister. Abandonnée à la naissance, présumée morte, elle avait été emportée dans l'étreinte des Drakka. Et pourtant, attirée par la curiosité ou par quelque force innommable, elle avait trouvé son chemin jusqu'ici, jusqu'à ce jardin, jusqu'à cette fille qui partageait son visage.

Alors que Kai terminait un autre mouvement, l'homme s'avança, posant une main sur son épaule. — Bien. Mais la force seule ne suffit pas. Tu dois apprendre à anticiper, à voir ce qui vient ensuite.

Kai leva les yeux vers lui, son regard empli de détermination. — J'y arriverai. Je vous rendrai fier.

La poitrine d'Akuhara se resserra. Fierté. Approbation. C'étaient des choses qu'elle n'avait jamais connues, élevée comme elle l'avait été parmi des créatures qui ne valorisaient que la destruction. Observer ce moment, c'était comme contempler une vie qui aurait pu être la sienne, une vie qui lui avait été volée dès l'instant où elle avait été mise de côté.

Ses ongles s'enfoncèrent dans la terre humide. Elle voulait sortir de sa cachette, affronter l'homme, la fille. Exiger des réponses. Mais que dirait-elle ? Qu'elle était la fille qu'ils avaient abandonnée ? L'enfant qu'ils n'avaient jamais connue ?

Elle se détourna, ses petites mains se crispant en poings. Même à cet âge, l'amertume avait déjà commencé à prendre racine, s'enroulant en elle comme les vrilles de magie noire qu'elle manipulerait un jour. Mais à côté de cela, il y avait autre chose, quelque chose de plus doux. Un désir d'être vue, d'être reconnue, même si ce n'était que depuis les ombres.

— Un jour, murmura-t-elle pour elle-même, les mots à peine audibles. Un jour, ils sauront.

Le souvenir s'estompa aussi vite qu'il était apparu, laissant de nouveau Akuhara debout sur la falaise, le parfum du jasmin remplacé par la fumée et les cendres. Elle ferma les yeux, exhalant un souffle lent et mesuré.

Peut-être, dit-elle, son ton plus doux maintenant, teinté d'une lassitude qu'elle ne pouvait entièrement réprimer. *Mais parfois, je ne peux m'empêcher de me demander...*

Son dragon s'agita à côté d'elle, sa forme massive bloquant les feux de camp en contrebas. *Ta sœur est une faiblesse,* siffla-t-il, le venin dans son ton indéniable. *Elle s'accroche à un monde brisé. Tu es plus forte sans elle.*

Akuhara ne répondit pas immédiatement. Au lieu de cela, elle s'agenouilla et posa sa main sur la terre. Le sol sous sa paume était froid, inflexible. Des filaments d'énergie sombre s'échappaient de ses doigts, serpentant dans le sol comme les racines d'un arbre malin. Les Drakka les plus proches d'elle se raidirent, leurs yeux s'aiguisant alors que sa magie renforçait leur lien. Elle sentait leur peur, leur faim, leur rage — tout cela nourrissant son pouvoir, renforçant son contrôle.

Ils suivent parce qu'ils ont peur, dit Akuhara, ses yeux fixés sur l'énergie qui se tordait sous sa main. *Mais la peur peut se transformer en défiance. Nous devons agir bientôt, avant que la marée ne tourne.*

Le dragon se rapprocha, son énorme tête s'abaissant à son niveau. Des volutes de fumée s'échappaient de ses narines, et ses yeux brûlaient comme des braises. *Alors donne l'ordre,* gronda-t-il. *Que les villes brûlent. Que leur espoir se transforme en cendres.*

Akuhara se leva, son expression se durcissant. Elle leva la main, l'énergie sombre crépitant autour d'elle. *Plus d'attente,* dit-elle. *Nous marchons à l'aube.*

2

Le ciel brûlait d'un rouge cramoisi, strié de fumée noire qui masquait les étoiles. Kai se tenait au centre du champ de bataille, les mains tremblantes alors qu'elle agrippait son épée. Autour d'elle, le sol était jonché de corps, leurs visages obscurcis par la cendre. La puanteur du sang et de la chair carbonisée saturait l'air, mais c'était le silence qui l'écrasait comme un étau. Pas un seul cri ni gémissement de douleur, seulement le crépitement des flammes au loin et le grondement sourd de quelque chose d'immense qui se déplaçait dans les ombres.

— Hikari ? appela Kai, sa voix rauque et faible face au silence oppressant. Elle se retourna, cherchant l'éclat des écailles dorées de son dragon.

Une ombre bougea, et elle se figea. Émergeant de la fumée apparut Akuhara, sa sœur jumelle, vêtue d'une armure sombre qui miroitait de magie comme de l'huile sur l'eau. Son dragon se dressait derrière elle, ses yeux luisant d'un vert malsain, ses écailles noircies et tordues comme brûlées de l'intérieur.

Akuhara sourit, d'un cruel retroussement de lèvres. — Tu croyais vraiment pouvoir m'arrêter, ma sœur ?

Kai leva son épée, mais ses mains tremblaient. — Je ne te laisserai pas tout détruire.

— Oh, Kai, dit Akuhara, sa voix dégoulinante de moquerie. Tu l'as déjà fait. Elle fit un geste autour d'elles, et le cœur de Kai chuta quand elle vit les visages des morts. Ryn, Maître Satoshi, les Déchirés... tous la fixaient de leurs yeux sans vie, le blâme gravé sur leurs traits.

— Non, murmura Kai, reculant d'un pas. Ce n'est pas réel.

Akuhara éclata de rire, un son glaçant qui résonna à travers le champ de bataille.

Le sol trembla alors qu'Hikari émergeait de la fumée, mais quelque chose n'allait pas. Ses écailles étaient striées de veines noires, ses yeux voilés par la même lueur verdâtre et malsaine que le dragon d'Akuhara.

— Hikari ? La voix de Kai se brisa. Elle tendit une main, mais le dragon gronda, découvrant des crocs qui dégoulinaient de venin.

— Elle est à moi maintenant, dit Akuhara en s'approchant. Tu n'as jamais été assez forte pour être sa cavalière.

Hikari se cabra, ses ailes immenses plongeant Kai dans l'ombre. Puis, avec un rugissement assourdissant, le dragon bondit.

Kai hurla tandis que les ténèbres l'engloutissaient.

Elle se réveilla en sursaut, le souffle court et haletant. Ses mains agrippèrent la cape en peau de dragon dont elle s'était enveloppée, le Cœur de Flamme pulsant faiblement à ses côtés. Pendant un instant, elle ne reconnut pas son environnement — la lueur terne d'un feu de camp, le bruissement tranquille des arbres. Hikari était allongée à courte distance, ses écailles brillant doucement au clair de lune pendant son sommeil.

Kai pressa une main tremblante contre sa poitrine, forçant son cœur affolé à se calmer. Ce n'était qu'un rêve. Un cauchemar. Mais la peur persistait, s'enroulant dans son ventre comme une chose vivante.

Hikari remua, ouvrant les yeux pour rencontrer le regard de Kai. *Qu'est-ce qui ne va pas ?* demanda le dragon, sa voix un grondement sourd dans l'esprit de Kai.

Kai secoua la tête, incapable de retrouver sa voix. Elle jeta un coup d'œil à l'épée posée à côté d'elle, des échos du cauchemar traversant son esprit.

Ce n'est rien, dit-elle enfin, bien que les mots sonnassent creux. *Juste... un rêve.*

Hikari inclina la tête, son regard perçant. *Les rêves révèlent souvent des vérités que nous essayons d'ignorer.*

Kai déglutit péniblement, l'image de la forme tordue d'Hikari encore vive dans son esprit. Elle détourna le regard, fixant les braises mourantes du feu.

Nous devrions nous mettre en route, dit-elle, ses pensées plus stables maintenant. *Akuhara est là-bas, et je... je ne laisserai pas ce rêve devenir réalité.*

Hikari souffla doucement, un panache de fumée s'échappant de ses narines. *Alors faisons en sorte que cela n'arrive pas.*

Kai acquiesça. Le cauchemar l'avait ébranlée, mais il avait aussi allumé quelque chose de plus profond — une détermination à affronter sa sœur, quoi qu'il en coûte.

Elle rampa jusqu'au feu, passant ses doigts dans la terre pour éteindre les dernières braises. Le faible crépitement s'éteignit, ne laissant que le chant des grillons et l'occasionnel bruissement des feuilles dans la nuit. Elle se leva, jetant la cape en peau de dragon sur ses épaules, son poids et sa chaleur une présence rassurante contre la fraîcheur de l'air nocturne.

Hikari se dressa sur ses pattes, déployant largement ses ailes. La lumière de la lune se refléta sur ses écailles, et pendant un instant, Kai trouva du réconfort dans cette vision.

Nous continuons vers l'Est, dit Kai. *Vers Ikje.*

Hikari s'abaissa, permettant à Kai de grimper sur son dos. La sensation familière des écailles du dragon sous ses mains la réconforta, repoussant les vrilles du cauchemar qui tentaient de griffer son esprit. D'un puissant battement d'ailes, Hikari s'élança dans les airs, le sol s'éloignant sous elles. Le vent fouettait le visage de Kai, froid et portant l'odeur des pins.

Tandis qu'elles s'élevaient plus haut, les étoiles apparurent. Leur lueur lointaine disparaîtrait bientôt, car l'aube approchait.

Kai resserra sa prise sur le cou d'Hikari, le regard fixé sur l'horizon. Elles volèrent un moment en silence jusqu'à ce que Kai repère un petit village, ses maisons de bois regroupées. Aucune fumée ne s'élevait des cheminées, et le silence était contre nature, épais et suffocant.

Quelque chose ne va pas, dit Kai, sa main droite allant instinctivement à la poignée de son épée. Elle tapota le cou d'Hikari. *Descendons.*

Le dragon gronda en signe d'accord et amorça sa descente. Ses griffes soulevèrent de la poussière lorsqu'elle atterrit à la lisière du village. Kai glissa du dos d'Hikari, ses bottes crissant sur la terre. L'air était immobile — trop immobile. Même le chant habituel des grillons était absent.

Kai scruta les rues désertes, puis s'avança prudemment vers la maison la plus proche, dont la porte était entrouverte. À l'intérieur, des meubles renversés et de la poterie brisée racontaient une histoire de violence soudaine.

La faible odeur du sang lui parvint, métallique et âcre. Son estomac se noua, mais elle continua d'avancer, son arme dégainée. Dehors, le grondement sourd d'Hikari attira l'attention de Kai vers les ombres au-delà de la place du village. Un mouvement. Un reflet de lumière sur des corps écailleux et sombres.

— Drakka ! cria-t-elle alors que les créatures surgissaient de leurs cachettes.

Le premier Drakka bondit, ses griffes lacérant l'air. Kai fit un pas de côté et fendit l'air d'un arc propre avec sa lame, tranchant la gorge de la créature. Le corps sans vie s'effondra au sol, mais d'autres prirent sa place, leurs grognements gutturaux brisant le silence.

Les Drakka se déplaçaient avec une coordination inquiétante, encerclant Kai tout en la poussant vers la place. Elle para un coup, son épée claquant contre les serres de la créature, puis esquiva une autre attaque visant sa tête. Un troisième Drakka bondit sur sa gauche, et elle se tordit à peine assez pour éviter ses griffes.

Hikari rugit, déchaînant un torrent de flammes qui illumina la place. Le feu dispersa les Drakka, certains hurlant tandis que leurs écailles noircissaient et se fissuraient. Ils se regroupèrent rapidement, affluant des ruelles et des toits. L'esprit de Kai s'emballait. Il y en avait trop.

Hikari, la crête ! appela-t-elle, en pointant une étroite corniche au-dessus du village. Si elle pouvait la faire s'effondrer, elle écraserait les Drakka en dessous.

Hikari s'élança dans les airs, ses ailes battant puissamment. Kai se faufila entre les assaillants, tailladant et parant tout en se dirigeant vers un terrain plus élevé. Les Drakka la poursuivirent, leurs griffes labourant la terre alors qu'ils grimpaient à sa suite. Elle atteignit un escalier croulant taillé dans la falaise, ses jambes la brûlant tandis qu'elle sprintait vers le haut. En bas, les Drakka déferlaient, leurs yeux fixés sur elle.

D'en haut, Hikari laissa tomber un rocher sur la crête. La roche gémit et se fendit, des craquelures s'étendant comme une toile d'araignée sur sa surface. Kai se plaqua contre la paroi de la falaise alors qu'un fracas assourdissant résonnait dans la vallée. Des tonnes de roches dévalèrent, écrasant les Drakka dans un nuage de poussière et de débris.

Respirant lourdement, Kai contempla la dévastation. Le sol était jonché de corps brisés et de pierres fracassées. Hikari se posa à côté d'elle.

Nous devons continuer à avancer, dit Kai, essuyant le sang de son épée. *Il pourrait y en avoir d'autres.*

Tandis qu'elles prenaient leur envol, Kai jeta un dernier regard au village en ruines. Elle aperçut un mouvement parmi les décombres—un Drakka, à peine vivant, se traînant de sous les rochers. Ses yeux croisèrent les siens pendant un bref instant avant que l'ombre d'Hikari ne l'enveloppe, et Kai détourna le regard.

Elles volèrent en silence, l'embuscade pesant sur elle. *Ils deviennent plus intentionnels*, dit finalement Kai. *Ça ne semblait pas être aléatoire.*

Non, acquiesça Hikari. *Quelqu'un nous observe.*

Les pensées de Kai s'assombrirent. Akuhara. L'ombre de sa sœur planait sur chaque mouvement des Drakka, sur chaque vie qu'ils détruisaient. Elle serra la mâchoire.

Elle paiera pour tous ses crimes.

3

Ikje était tombée.

L'estomac de Kai se noua tandis que Hikari survolait en cercle les ruines calcinées. La cité autrefois imprenable avait été réduite en décombres, ses murs de pierre abattus et ses rues abandonnées. Les restes carbonisés des maisons se dressaient comme des sentinelles squelettiques, leurs poutres en bois fissurées et noircies. L'endroit ressemblait davantage à un cimetière qu'à une ville.

Nous arrivons trop tard, dit Kai, sentant sa gorge se serrer.

Une partie d'elle avait espéré, naïvement peut-être, qu'Ikje survivrait d'une manière ou d'une autre à l'assaut. En contemplant les tours effondrées et le vaste vide où se tenaient autrefois les marchés, elle réalisa à quel point l'espoir était fragile.

Descends plus bas, demanda-t-elle à Hikari.

Le dragon s'inclina brusquement, ses ailes fendant l'air tandis qu'ils descendaient vers la ville. À mesure qu'ils approchaient, l'odeur de cendre et de mort devenait plus forte. Kai déglutit péniblement. Elle n'avait jamais vu une telle destruction, mais c'était plus que cela. Ceci... c'était personnel. Ses parents étaient ici. Avaient-ils réussi à s'échapper, ou les avait-elle perdus comme elle avait perdu Liu et Kokoro ?

Hikari atterrit doucement au milieu des décombres de ce qui avait été la place principale où s'était déroulée la Cérémonie des Serments. Kai glissa du dos du dragon et atterrit sur les pavés avec un bruit sourd, ses bottes soulevant des nuages de suie. Ses yeux balayèrent les débris. Tout autour d'elle, le silence était oppressant. Il n'y avait aucun signe de survivants, mais Kai décida de chercher malgré tout.

— Il y a quelqu'un ?

Elle erra parmi les ruines et s'arrêta près d'une fontaine à moitié détruite. L'eau avait disparu depuis longtemps, remplacée par de la poussière et des cendres. En son centre, la figure en pierre d'un dragon se tenait encore, bien que son visage fût fissuré et brisé.

Kai continua à se frayer un chemin à travers les ruines. Elle n'avait peut-être pas pu empêcher cette tragédie, mais elle ferait tout ce qui était en son pouvoir pour s'assurer que cela ne se reproduise jamais. Sa cape claquait dans le vent tandis qu'elle marchait, plus sombre que les pierres noircies sous ses pieds.

Un mouvement soudain attira son attention. Sa tête se releva brusquement, et elle aperçut une silhouette qui marchait parmi les décombres. Sans hésitation, elle s'élança, Hikari la suivant de près.

— Attendez ! cria Kai.

La silhouette se retourna, et Kai sentit son souffle se bloquer dans sa gorge. C'était une femme âgée, son visage strié de suie. Elle tenait un chiffon contre son visage, et ses yeux s'écarquillèrent de terreur à la vue d'Hikari.

Kai leva les mains en signe de paix. — Nous ne sommes pas là pour vous faire du mal.

La femme hésita, son regard passant de Kai à Hikari. — Les Drakka, murmura-t-elle d'une voix rauque. Ce sont eux qui ont fait ça.

— Je sais. Y a-t-il quelqu'un d'autre ici ?

La femme secoua la tête. — Ceux qui ont survécu sont partis à Dangju.

Kai se souvint que Maître Satoshi avait ordonné aux Assermentés de fuir là-bas pendant l'attaque, mais cela n'avait pas de sens que tout le monde y aille. Zhencheng était plus proche.

— Nous pouvons vous emmener à Dangju. Avez-vous de la famille là-bas ?

— Ma famille n'est plus, répondit la femme. Ils sont morts ici en combattant les Drakka.

— Je suis désolée. Kai se sentit impuissante et regarda Hikari. — Nous pouvons vous emmener ailleurs, dans un endroit sûr.

— Cet endroit est sûr. Les Drakka l'ont déjà détruit. Je doute qu'ils reviennent. Laissez-moi tranquille, mon enfant, et faites ce que vous devez.

— Pouvez-vous me dire où se trouve Dangju ?

— Allez vers l'est. C'est sur la côte.

La femme s'éloigna, et Kai soupira. Elle aurait pu forcer la femme à venir avec eux, mais elle ne sentait pas que c'était la bonne chose à faire. Elle observa la femme jusqu'à ce qu'elle disparaisse derrière les vestiges d'un bâtiment, puis elle se tourna vers Hikari.

Nous devons arrêter Akuhara avant qu'elle ne détruise une autre ville, mais nous ne pouvons pas le faire seules. Nous avons besoin des autres Assermentés.

Le dragon gronda son accord. *Nous pouvons partir maintenant, mais qu'en est-il des Brisés ? Ils seront bientôt là.*

Nous allons faire demi-tour et leur dire de continuer jusqu'à Dangju. Il leur faudra plus de temps qu'à nous pour y arriver, mais ils pourront nous rattraper.

Hikari s'abaissa jusqu'au sol et Kai grimpa sur son épaule. D'une puissante poussée de ses ailes, le dragon s'élança dans les airs. Les ruines d'Ikje s'étendaient sous eux comme une sinistre tapisserie de destruction. Kai se pencha en avant, ses doigts agrippant les écailles d'Hikari tandis qu'ils filaient vers l'ouest. Ils n'eurent pas à voler longtemps avant que les Brisés n'apparaissent dans leur champ de vision.

Là, dit Kai en pointant du doigt. *Ils avancent bien.*

Hikari descendit, atterrissant loin devant eux pour ne pas effrayer leurs chevaux. Kai resta sur le dos du dragon, attendant que les Brisés se rapprochent. Ryn menait le groupe, et il mit pied à terre, confiant les rênes à l'un de ses compagnons.

— Que se passe-t-il ? demanda-t-il en s'approchant.

— Ikje n'est plus, répondit Kai. Nous allons à Dangju à la place.

— Plus ? Comment ? Ses murs n'ont jamais été percés auparavant.

— Je sais. Avec Akuhara à leur tête, les Drakka sont devenus une force organisée. Il semble que rien ne puisse les arrêter. Kai fit une pause, incertaine de la façon dont Ryn réagirait à ses prochaines paroles. — Maître Satoshi et certains des autres Assermentés sont à Dangju. Je sais que vous n'aimez pas l'empire, mais nous sommes plus forts ensemble.

Ryn la regarda en silence. Finalement, il hocha la tête. — Je ne peux pas garantir que les autres viendront, mais je vous ai prêté un serment de loyauté. J'irai où vous irez.

— Vous avez donné ce serment volontairement. Je ne l'ai pas demandé et je n'exigerai pas que vous le respectiez. Mais je vous serais reconnaissante si vous combattiez à mes côtés avec les Assermentés. Il en va de même pour les autres. Elle fit un signe de tête vers les Brisés qui attendaient derrière lui.

— Nous combattons comme un seul homme pour nos dragons tombés, dit Ryn. Nous vous retrouverons à Dangju.

— Merci. Je vous verrai dans quelques jours, alors. Que votre voyage soit sans danger.

Ryn inclina la tête et retourna à son cheval. Hikari reprit son envol, volant vers l'est cette fois. Le vent fouetta les cheveux de Kai, et pendant un moment, elle oublia le monde en contrebas et se délecta de la sensation du vol.

Les heures passèrent, marquées seulement par le mouvement graduel du soleil à travers le ciel. Les muscles de Kai étaient endoloris par le vol prolongé, mais elle refusa de se plaindre. Au lieu de cela, elle se concentra sur le paysage changeant en dessous, l'utilisant pour se distraire de la fatigue.

Je n'ai jamais vu cette partie de l'empire auparavant, dit-elle à Hikari.

Tu vois cette formation rocheuse ?

Kai scruta le sol, repérant un arrangement circulaire inhabituel de rochers. *Qu'est-ce que c'est ?*

Un ancien lieu de nidification. Abandonné depuis longtemps, mais autrefois habité par ceux de mon espèce.

Des dragons en général, ou des anciens ?
Des anciens.

Kai contempla l'endroit avec émerveillement, mais une pointe de tristesse l'envahit pour la perte des anciens. Hikari était la dernière. Qu'est-ce que cela signifiait ? Que se passerait-il pour le monde à la disparition d'Hikari ? Elle espérait que ce jour n'arriverait pas avant de nombreuses années, mais ces pensées la tourmentaient malgré tout.

Au cours des deux jours suivants, le paysage se transforma progressivement. Les hautes montagnes et les forêts luxuriantes cédèrent la place à des falaises rocheuses, et au loin apparut le miroitement de la côte à l'horizon. Une rafale de vent les heurta, manquant de désarçonner Kai. Elle se pressa contre le cou d'Hikari et s'agrippa plus fermement.

Les vents côtiers sont forts, mais nous avons survécu à une tempête. Ce n'est rien !

Hikari rugit et battit des ailes plus vigoureusement, luttant contre les turbulences. Les rafales venaient de façon sporadique, rendant impossible un vol stable. Elles continuèrent leur route, laissant les falaises derrière elles et découvrant des collines qui s'aplatissaient progressivement en plaines herbeuses. Au loin, Kai pouvait voir de la fumée, mais elle était trop légère pour provenir d'une attaque.

Je pense que c'est Dangju, dit Kai.

La ville apparut, et la première chose que Kai remarqua fut que ses défenses étaient plus robustes que celles d'Ikje. Les remparts étaient hauts, bordés de balistes, et de son poste d'observation, elle pouvait distinguer des rangées de soldats se déplaçant en formation.

Au-delà de la ville, les eaux bleues de la Baie des Cinq Vents venaient lécher le rivage. Des bateaux étaient amarrés au port voisin, et la fumée qu'elle avait aperçue plus tôt s'élevait des cheminées éparpillées dans toute la ville. L'air était imprégné de l'odeur du sel et du poisson, et elle sentit l'estomac d'Hikari gronder de faim.

Un cor retentit, et Kai scruta les murs de la ville pour voir plusieurs balistes pivoter et viser dans leur direction. Kai se redressa et agita un bras en l'air.

Accroche-toi, dit Hikari.

Les yeux de Kai s'écarquillèrent lorsque les soldats lancèrent plusieurs carreaux. Ils sifflèrent près d'elles, manquant de peu leur cible.

Atterris, vite ! pressa-t-elle.

Hikari inclina ses ailes et plongea vers le sol. Kai espérait que leur arrivée ne rencontrerait pas davantage d'hostilité s'ils atterrissaient à l'extérieur de la ville. Ils touchèrent terre près des portes, et un groupe de Jurés survola les murs, les encerclant.

— Baissez vos armes, cria une voix familière. C'est Kai Lin.

4

Le nid caverneux profondément enfoui sous terre pulsait de vie. Les parois de la chambre miroitaient faiblement, striées de veines luisantes d'énergie en fusion, et l'air était lourd de chaleur et d'humidité souterraine. Aux bords de la pièce, des grappes d'œufs de Drakka reposaient dans des creux peu profonds, leurs coquilles translucides luisant faiblement avec la promesse de vie. Le son de leurs pulsations rythmiques et discrètes se mêlait aux grognements gutturaux des généraux qui entouraient Akuhara.

Elle se tenait au centre de la chambre, une table de pierre grossière devant elle. Son dragon se dressait derrière elle, ses yeux en fusion brillant dans la pénombre. Akuhara leva les mains, invoquant un tourbillon d'énergie sombre qui se coagula en une carte vacillante de l'empire. Les chaînes de montagnes et les rivières scintillaient faiblement, marquées par les emplacements stratégiques qu'elle avait choisis. Les généraux Drakka se penchèrent en avant, leurs yeux fixés sur la projection.

— Xeroth, Kalrek, gronda Akuhara dans leur langue gutturale, sa voix emplie d'autorité. Les deux plus grands Drakka s'avancèrent, leurs formes imposantes la dominant. Vos forces vont se diviser.

Elle pointa la carte lumineuse, traçant un chemin vers Dangju. — Xeroth, vous prendrez la moitié de l'armée vers le sud-est. Réduisez Dangju en cendres. Ne laissez aucun survivant. Les Drakka grondèrent en signe d'approbation. Une fois la ville démolie, vous nous rejoindrez ici.

Sa main se déplaça vers Zhencheng, la capitale impériale, où les lumières de l'empire brûlaient encore avec défi. — Kalrek, l'autre moitié marchera avec vous et moi vers Zhencheng. Nous écraserons leur cœur et éteindrons leur espoir.

Les généraux grognèrent d'excitation, leurs cris gutturaux résonnant à travers la caverne. Le dragon d'Akuhara reflétait leur satisfaction. Elle projetait de la confiance, mais sous son extérieur autoritaire, l'inquiétude rongeait la détermination d'Akuhara.

La résistance à laquelle ils avaient fait face était plus forte qu'elle ne l'avait anticipé. Elle ne pouvait se défaire du sentiment que ces attaques ne serviraient qu'à unir l'empire, pas à le diviser. Diviser ses forces était risqué, mais elle protégerait les Drakka qui voyageraient vers la cité impériale avec sa magie, les dissimulant des regards indiscrets jusqu'à ce qu'il soit trop tard pour que l'empereur ne les arrête.

Tandis que les généraux partaient préparer leurs forces, Akuhara s'attarda dans la caverne. Elle fixait la carte vacillante, ses doigts effleurant le contour lumineux de Zhencheng. Elle savait qu'elle marchait sur un chemin dangereux, mais avec chaque jour qui passait, son emprise sur le pouvoir se resserrait, et les murmures de peur qui suivaient son nom grandissaient.

Mais il y avait une personne dont la voix résonnait encore clairement dans son esprit : sa sœur. Elle ne pouvait oublier le regard triomphant dans les yeux de Kai lors de leur dernière bataille. Akuhara ne pouvait s'empêcher de ressentir un sentiment d'appréhension à l'idée de l'affronter à nouveau.

Son dragon parla, brisant le fil de ses pensées. *Les Drakka ont soif de sang. Tu ne pourras pas les contrôler éternellement.*

— Je sais, murmura Akuhara à voix haute. Elle ferma les yeux, expirant lentement. *Quand l'empire ne sera plus que cendres, leur objectif prendra fin. Et eux avec.*

Les yeux du dragon brillèrent plus intensément, sa voix teintée de curiosité. *Tu les détruirais ? Ceux de ta propre espèce ?*

Akuhara se tourna vers la bête, son expression durcie. *Ils ne sont pas de mon espèce. Ils ne sont qu'un moyen d'arriver à mes fins.*

Le dragon siffla mais ne dit rien de plus. Akuhara reporta son attention sur la carte. Elle ne se faisait aucune illusion sur la nature des Drakka. Ils étaient des créatures du chaos, incapables de construire le monde qu'elle envisageait. Mais la pensée de ce qui devrait suivre la remplissait d'effroi.

Sa voix n'était qu'un murmure tandis qu'elle fixait la carte vacillante. — L'empire mérite de tomber, mais je ne remplacerai pas une tyrannie par une autre. Quand le moment viendra, je trouverai un moyen de mettre fin aux Drakka.

Le dragon gronda doucement derrière elle, sa présence un rappel constant de la tempête qu'elle avait déchaînée. Le regard d'Akuhara restait fixé sur la carte, sa détermination se durcissant comme l'acier. Il n'y avait plus de retour possible maintenant. Pour reconstruire, elle devrait tout détruire — y compris les monstres qui l'avaient accueillie.

5

Un sentiment de soulagement envahit Kai lorsqu'elle aperçut Siran. Cela faisait à peine quelques semaines qu'elles s'étaient séparées, mais la femme semblait aussi différente que Kai se sentait intérieurement. Elle jeta un coup d'œil aux autres Jurés et reconnut Jiro, Ichiro, Kazu, et les autres d'Ikje. Elle leur adressa un signe de tête à chacun avant de se retourner vers Siran.

—Les gardes semblent nerveux, dit-elle.

—Ils le sont. Une armée Drakka se dirige vers nous en ce moment même. Nos éclaireurs suivent leurs mouvements.

—Je n'ai rien vu en venant ici. De quelle direction arrivent-ils ?

—Du nord. Ils seront là à la tombée de la nuit.

Siran regarda tour à tour Kai et Hikari. —Ce n'est pas le dragon de la cérémonie.

—Non, ce n'est pas elle. Voici Hikari.

Siran inclina la tête vers le dragon. —Maître Satoshi voudra vous voir. Il a envoyé un message à Tatenagawa mais n'a jamais reçu de réponse. Nous craignions le pire.

—Je vais bien, mais... Kai serra la mâchoire. —Les choses ne feront qu'empirer si nous n'arrêtons pas les Drakka une fois pour toutes.

—Venez, dit Siran. —Je vous conduirai à Maître Satoshi.

Siran et les autres Jurés s'envolèrent et passèrent au-dessus du mur. Hikari les suivit, et Kai observa la ville en contrebas. C'était une métropole étendue, avec des boutiques et des marchés grouillant de monde. Des soldats occupaient les tours de guet, surveillant attentivement le paysage. Si elle n'était pas au courant, Kai n'aurait jamais deviné que la ville se préparait à une attaque.

Ils atterrirent devant un immense complexe qui servait de caserne. Kai passa une jambe par-dessus le flanc d'Hikari et sauta au sol.

—Ton dragon peut trouver de la nourriture et de l'eau ici, dit Siran. —Elle peut aussi se reposer dans n'importe quelle écurie libre.

Je reviens bientôt, dit Kai à Hikari, passant une main le long du cou du dragon. Hikari la câlina en retour, et Kai emboîta le pas à Siran. Les rues étaient bondées de soldats et de civils, mais Siran fendait la foule avec autorité.

—Es-tu responsable des Jurés ? demanda Kai.

Siran la regarda d'un air interrogateur. Son expression passa de la confusion à un sourire. —Non, je ne le suis pas. J'aimerais diriger un jour, si nous survivons.

Kai lui rendit son sourire, mais elle n'aimait pas les paroles sombres de Siran. Ils devaient survivre. Ils étaient la seule défense de l'empire.

—Ils ont bien fortifié la ville, dit Kai. — Mais il faudra plus que des murs pour repousser les Drakka.

—Nous nous sommes préparés tout en nous entraînant. Ça n'a pas été facile, et la plupart des autres ne sont toujours pas prêts, mais nous avons manqué de temps. Ils avancent plus vite que prévu.

—C'est parce qu'ils ont un chef maintenant.

—Que veux-tu dire ?

—Tu le sais, n'est-ce pas ? La femme qui a pris mon dragon lors de la cérémonie est derrière tout ça.

—Ta sœur jumelle ?

—Oui. Elle s'est alliée aux Drakka et les dirige. C'est pourquoi ils sont plus organisés maintenant.

Elles s'approchèrent d'une structure imposante avec des colonnes majestueuses et des sculptures complexes qui mélangeaient l'héritage martial de l'empire à une élégance artistique. Les lourdes portes s'ouvrirent à leur approche, et Siran prit les devants, guidant Kai à travers les couloirs jusqu'à une grande salle où un groupe de personnes était rassemblé autour d'une table circulaire.

Maître Satoshi leva les yeux, croisant le regard de Kai. Elle inclina la tête devant lui et dit : —Nous devons parler.

Il congédia immédiatement son conseil, Siran incluse. Une fois la pièce vidée, les deux restèrent silencieux un long moment avant que Maître Satoshi ne prenne la parole.

—Tu es différente. Ton ki rayonne de force, et je sens une puissante aura magique. Raconte-moi tout.

Kai obéit, relatant tout ce qui lui était arrivé depuis son départ initial d'Ikje. Maître Satoshi fronça brièvement les sourcils quand elle mentionna son lien avec Hikari, mais sinon, il écouta attentivement sans parler. Lorsqu'elle sortit le Cœur de Flamme de son sac de soie, sa lumière pulsante projeta une lueur surnaturelle dans toute la pièce. Elle le leva pour qu'il puisse le voir, et sa cape ondula d'elle-même.

—Les légendes sont donc vraies, dit Maître Satoshi, l'expression grave. Ses yeux, habituellement vifs et perspicaces, reflétaient maintenant un mélange d'émerveillement et d'inquiétude profonde.

—Je ne pensais pas que de tels artefacts existaient réellement. Le pouvoir que tu manies dépasse tout ce que j'ai rencontré au cours de mes années. Ton lien... c'est à la fois un don et une malédiction.

—Que voulez-vous dire ?

—Le pouvoir a toujours un prix, Kai. Et se lier à un dragon ancien... Il s'interrompit, secouant la tête. —C'est interdit pour une raison. Cette pierre précieuse et cette cape comportent aussi leurs propres dangers. Ensemble, ils font de toi une force redoutable, mais aussi une cible.

Kai fronça les sourcils. —Une cible ? Pour qui ?

—Pour ceux qui craignent un pouvoir qu'ils ne peuvent contrôler, répondit gravement Maître Satoshi. —L'empereur lui-même verrait cela comme une menace pour son autorité.

Le poids de ses paroles s'abattit sur elle. Sa poitrine se serra, et elle déglutit péniblement avant de demander : —Que se passerait-il si l'empereur l'apprenait ?

Maître Satoshi baissa la voix bien qu'il n'y ait personne d'autre dans la chambre. —Cela signifierait une mort certaine, pas seulement pour toi et ton dragon, mais pour tous ceux qui connaissent votre lien.

Au fond d'elle-même, Kai connaissait la réponse avant qu'il ne la confirme. Elle serra les poings pour les empêcher de trembler. —Mais je me bats pour l'empire. Éradiquer les Drakka est ma seule préoccupation. Je n'ai jamais voulu mettre qui que ce soit en danger. Mon lien avec Hikari... il me semble juste, comme si c'était destiné. Comment quelque chose d'aussi puissant, d'aussi pur, peut-il être mal ?

—L'empereur ne le verra pas ainsi. Il te considérera comme une menace et agira en conséquence. C'est pourquoi il ne doit jamais le savoir.

—Quoi ? Les yeux de Kai s'écarquillèrent de surprise.

—Nous devons garder le secret, quoi qu'il en coûte, répondit Maître Satoshi.

Kai prit une profonde inspiration et soutint son regard intense. Elle n'arrivait pas à croire qu'il s'engageait à tromper l'empereur. Il la connaissait à peine, et pourtant il était prêt à risquer sa position, et même sa vie, pour elle.

—Merci, Maître. Si je peux aider à empêcher plus d'effusion de sang, alors je suis prête à affronter toutes les conséquences. S'il vous plaît, ne risquez pas votre vie pour moi. Si l'empereur découvre la vérité, dites-lui que vous ne saviez rien.

—Ton courage est admirable. As-tu parlé de cela à quelqu'un d'autre ?

—Non. Liu était le seul, et... Kai s'interrompit, et Maître Satoshi prit sa main dans la sienne.

—Liu était un grand guerrier. Il est mort en te protégeant, comme c'était son devoir. Son sacrifice ne sera pas oublié.

Kai savait que ses paroles étaient sincères, et elle acquiesça. —Siran a dit qu'une armée de Drakka se dirigeait vers ici. Comment puis-je aider ?

— Bats-toi, quand le moment viendra. Nous avons fait tout ce que nous pouvions pour nous préparer. Maintenant, nous attendons.

6

À la tombée de la nuit, la lueur des torches illuminait la cité. Kai se tenait au sommet de l'une des nombreuses tours de guet, les yeux tournés vers la vaste étendue d'étoiles au-dessus d'elle. L'air frais de la nuit était un répit bienvenu après la chaleur, et elle poussa un soupir.

— Tu crois que ça suffira ? demanda-t-elle en regardant Siran. Kai s'était portée volontaire pour monter la garde avec elle, principalement parce qu'elle ne pouvait pas dormir. Ses nerfs étaient trop à vif, et l'anticipation de ce qui allait arriver maintenait son esprit en éveil.

— Il le faut, répondit Siran. Si nous tombons...

— Nous ne tomberons pas, l'interrompit Kai. Nous ne pouvons pas. Je voulais juste

40

dire... je ne sais pas. J'espère que nous sommes prêts.

— La préparation est un luxe rarement accordé en temps de guerre, mais nous sommes aussi prêts que possible. Elles restèrent silencieuses un moment avant que Siran ne continue. Pardonne-moi. Je ne veux pas que mes paroles paraissent si sombres. J'ai vu plus de morts que je ne le voudrais, et il y en aura d'autres avant que tout soit terminé. Cela pèse lourdement sur moi.

— Je comprends.

Kai tourna son regard vers le ciel à nouveau, traçant les constellations familières. Le Chasseur, Le Dragon, La Couronne Impériale. Elles brillaient clairement dans les cieux, constantes et immuables malgré le chaos qui couvait bien loin au-dessous d'elles.

Le bruit du tonnerre attira l'attention de Kai vers le nord. Il n'avait pas semblé qu'il allait pleuvoir plus tôt, mais elle réalisa rapidement que ce n'était pas un orage qui approchait. Une masse sombre apparut à l'horizon, grossissant à chaque instant.

Siran se leva d'un bond et alerta la cité en sonnant l'énorme cloche au sommet de la tour. Le bruit résonna dans la nuit, et les autres tours de guet se joignirent bientôt à l'avertissement. Kai observa la masse qui se rapprochait régulièrement, les rangs sans fin de Drakka faisant trembler le sol même.

Ils sont là, dit Kai à Hikari. *Je viens te rejoindre.*

Elle dévala les escaliers de la tour, sprintant à travers les rues vides jusqu'aux casernes. Hikari était déjà sortie de l'écurie et s'abaissa pour que Kai puisse grimper sur son dos.

— Jurés, à vos montures ! La voix de Maître Satoshi retentit.

Dans un tourbillon de mouvements, les cavaliers s'élancèrent dans le ciel, tournoyant au-dessus de la cité. Kai et Hikari les rejoignirent, observant alors que la première vague de Drakka s'écrasait contre les murs comme un raz-de-marée. Les créatures grimpaient le long des pierres, mais elles furent accueillies par les épées et les lances tandis que les soldats sur les remparts les taillaient et les poignardaient.

Kai pouvait sentir la tension dans le corps d'Hikari, un ressort comprimé attendant le bon moment pour frapper. Kai tapota le cou du dragon.

Attends le signal, dit-elle.

L'air se remplit des bruits de la bataille. Le cliquetis du métal, les cris et les rugissements des Drakka s'entremêlaient en une cacophonie de bruits. Le cœur de Kai battait dans sa poitrine tandis qu'elle regardait le conflit se dérouler. Les soldats se battaient courageusement, mais le nombre écrasant de Drakka menaçait de les submerger.

— Défendez les murs !

Elle entendit à peine l'ordre de Maître Satoshi par-dessus le vent, et Hikari volait déjà vers le mur avant que Kai ne réalise ce qui se passait. Elle dégaina sa lame et s'accrocha fermement tandis que le dragon plongeait brusquement, se redressant au dernier moment pour agripper le haut des remparts de ses griffes arrière.

Un battement de ses ailes envoya une rafale de vent vers les Drakka les plus proches, qui basculèrent en arrière. Hikari ouvrit ses mâchoires et déchaîna un torrent de flammes. Le feu illumina la nuit, et les yeux de Kai s'écarquillèrent. Le nombre de Drakka dépassait l'imagination. L'odeur âcre de chair brûlée dans ses narines la sortit de sa rêverie, et elle jeta un coup d'œil le long du mur.

Les archers décochaient des volées de flèches, et les autres soldats luttaient avec toutes leurs forces. Elle aperçut quelques visages. Leurs yeux étaient écarquillés de peur, mais ils continuaient à se battre, conscients du prix de l'échec. Un Drakka escalada le mur, passa par-dessus et attaqua un jeune soldat.

Sans réfléchir, Kai sauta du dos d'Hikari et entailla la créature dans son dos avec son épée. Le Drakka hurla de douleur et de fureur en reculant, donnant au soldat le temps de reprendre ses esprits et de lancer sa propre attaque. Ensemble, ils acculèrent la créature contre le mur, où Hikari la projeta promptement dans les airs. Son rugissement s'estompa parmi le bruit, et le soldat offrit à Kai un signe de tête reconnaissant avant de retourner au mur et de taillader d'autres Drakka.

Il y a quelque chose là-bas, dit Hikari.

Qu'est-ce que c'est ?

Je ne suis pas sûre. On dirait un dragon, mais c'est... différent.

Kai regarda la mer de Drakka, mais rien ne se distinguait. Puis elle l'entendit. Un rugissement profond et résonnant qui faisait vibrer l'air autour d'elle. Au loin, une forme ténébreuse émergea. Elle dominait les Drakka, plus grande et plus sinistre que tout ce qu'elle avait vu auparavant. Ses yeux brûlaient de malveillance, et Kai fut submergée de terreur.

Elle resta figée sur place, incapable de détacher son regard de la bête semblable à un dragon. Ses écailles étaient noires comme minuit et semblaient avaler la lumière environnante. Les soldats autour d'elle vacillèrent, leurs mouvements ralentissant lorsqu'ils aperçurent la bête colossale. La peur de Kai fut repoussée par une détermination féroce qui inonda leur lien.

Nous devons l'arrêter, dit Hikari. *Il n'y a personne ici d'assez fort que nous.*

Kai n'en était pas si sûre, mais la confiance du dragon renforça son esprit. Elle acquiesça et remonta sur le dos du dragon. Un cor retentit derrière elle, et Kai regarda par-dessus son épaule pour voir les Jurés se rassembler en formation.

Ils vont essayer de l'attaquer, dit Kai.

Alors nous devons frapper les premiers.

Hikari s'élança dans les airs et survola l'armée de Drakka, volant directement vers la bête monstrueuse. Alors qu'elles s'approchaient, Kai sortit le Cœur de Flamme de son sac et le serra fermement. Il pulsait dans sa main, irradiant une chaleur qui se propageait dans son bras et dans sa poitrine.

La créature fixa ses yeux rouge flamboyant sur elles à leur approche, semblant reconnaître la menace qu'elles représentaient. Elle se cabra, déployant ses ailes énormes, et rugit à nouveau en prenant son envol. Le son s'abattit sur Kai, épais et lourd, comme le poids de la mort elle-même. Hikari tressaillit, et Kai put sentir une vague d'incertitude dans leur lien.

Hikari vira sur le côté, évitant un jet soudain de liquide sombre que la créature cracha de sa gueule. Il frappa le sol en contrebas, consumant aussi bien la horde de Drakka que la pierre, laissant le terrain calciné et fumant.

En réponse, Hikari souffla son feu, envoyant un torrent de flammes vers la bête. Le brasier toucha ses écailles sombres, mais à l'horreur de Kai, il les marqua à peine, s'éteignant comme étouffé par un vent invisible. Hikari fit un écart brusque pour éviter un coup de serres en représailles, et l'estomac de Kai se souleva.

Cette créature n'était pas un dragon ordinaire ; c'était quelque chose de plus sombre, quelque chose de déformé par la magie. Elles ne pouvaient pas simplement le brûler — il leur fallait une stratégie.

Nous devons l'éloigner de la ville, dit Kai. *Ça nous donnera le temps de trouver une faiblesse.*

Hikari gronda en signe d'accord et vola vers le sud, attirant la bête à sa suite. Avec un rugissement furieux, elle les suivit comme une ombre de mort. Elle gagna rapidement du terrain avec une vitesse qui contredisait sa taille. Hikari s'orienta vers le haut, montant plus haut dans le ciel. La bête continua de les suivre, et Kai aperçut une faible lueur sur sa poitrine, une lumière violette et pulsante qui lui rappelait un battement de cœur.

J'ai une idée, dit Kai.

7

Ils s'élevèrent de plus en plus haut, les nuages tourbillonnant dans leur sillage. Kai observait le sol qui rapetissait en dessous d'eux. L'air devint froid, mordant son visage, et elle frissonna, son souffle se transformant en nuages de vapeur.

Tu es prête ? demanda Hikari.

Kai serra la poignée de son épée, se préparant au combat.

Oui.

D'un puissant battement d'ailes, la dragonne s'élança dans un banc de nuages. Quand elle fut certaine que la créature les avait perdues de vue, Kai lâcha prise. Le vent fouettait autour d'elle, hurlant à ses oreilles, et sa cape se gonflait, flottant comme une ombre projetée contre le ciel. Elle sentit le tissu pulser de son étrange magie, et elle glissa dans le royaume des ombres. La lumière se courba et s'estompa tandis qu'elle disparaissait, basculant dans un monde de ténèbres mouvantes.

Elle tombait toujours, mais c'était comme tomber à travers de l'encre plutôt que de l'air. La créature se rapprochait, et dès qu'elle fut à portée, Kai revint brusquement dans le monde physique, réapparaissant juste au-dessus de la tête du dragon, son épée levée bien haut. Les yeux de la créature s'embrasèrent de stupeur face à son apparition soudaine, mais elle n'eut pas le temps de réagir.

Kai poussa un cri féroce tandis qu'elle tombait, enfonçant profondément sa lame dans la poitrine du dragon. Elle frappa la lumière violette pulsante, et un liquide noir jaillit, suivi d'une onde de choc d'énergie. Elle explosa hors de la bête, brûlant sa peau. Elle ignora la douleur et enfonça l'épée plus profondément, croisant le regard de la créature alors qu'elle tournait la tête pour la regarder. Pendant un bref instant, elle lui rendit son regard, quelque chose de torturé et de perdu dans ses yeux.

Avec un rugissement guttural, le dragon se débattit, ses ailes battant de façon erratique tandis qu'il plongeait vers la terre. Kai maintint sa prise, concentrant toute sa force dans ses bras, et tourna la lame. La bête poussa un râle, son rugissement s'étranglant en silence tandis que les ténèbres en elle s'apaisaient. Elle arracha sa lame et se propulsa loin de la bête au moment où Hikari plongeait en dessous, et elle atterrit brutalement sur le dos de la dragonne.

Bien joué, dit Hikari. *Mais la prochaine fois, peut-être quelque chose d'un peu moins dramatique.*

Kai ne put s'empêcher de sourire face à la taquinerie d'Hikari. Elles firent demi-tour vers la ville, et Kai pouvait voir que les Drakka étaient sur le point de franchir les murs. Les Jurés et leurs dragons essayaient de les retenir, mais la horde de créatures était sans fin et leur ligne de défense était criblée de brèches là où des soldats étaient tombés.

Approche-moi aussi près que possible des Drakka.

Un autre plan ? demanda Hikari.

Oui, mais moins dramatique que le dernier.

Hikari descendit jusqu'à planer à quelques mètres au-dessus de l'endroit où les Drakka s'étaient rassemblés devant les murs. Kai puisa dans le pouvoir du Cœur de Flamme et le dirigea vers le sol, créant une barrière de feu. La chaleur brûla les Drakka, les forçant à reculer. Ce n'était qu'un répit temporaire, mais cela donna aux Jurés le temps de dégager les murs et de se regrouper. Hikari atterrit derrière la barrière alors qu'elle commençait à s'estomper.

Il y en a tellement, dit Kai, fixant les légions de Drakka.

Hikari lança une vague de feu de ses mâchoires, incinérant les ennemis les plus proches.

Ce n'est pas suffisant. Nous devons faire plus.

Je suis ouverte aux suggestions, gronda Hikari.

Kai pouvait sentir les anciens du passé la guider. Elle ferma les yeux et prit une profonde inspiration, canalisant l'énergie du Cœur. Simultanément, elle attira les ombres de la cape, les tissant ensemble.

Libère tes flammes à nouveau.

Hikari souffla son feu, renforcé par le Cœur, et Kai libéra une vague d'énergie d'ombre. Les deux forces entrèrent en collision dans les airs, s'entremêlant dans une danse hypnotique de lumière et de ténèbres.

L'explosion qui en résulta fut cataclysmique. Une vague de chaleur brûlante et de noirceur d'encre balaya le champ de bataille, engloutissant une vaste étendue des forces Drakka. Leurs cris d'agonie furent interrompus tandis que l'attaque dévastatrice les consumait.

Alors que la fumée se dissipait, Kai entendit des hoquets et des murmures d'émerveillement venant des Jurés sur les murs. Elle aperçut Jiro, les yeux écarquillés d'incrédulité. Kai s'autorisa un léger sourire, bien que son cœur battait violemment sous l'effort de l'attaque.

L'effet sur les Drakka fut immédiat et profond. Leurs rangs ordonnés se dissolvèrent dans le chaos tandis que les survivants se débattaient pour se regrouper. Kai observa avec une satisfaction sombre des bataillons entiers qui tournaient les talons et s'enfuyaient, leur volonté de combattre anéantie.

— Ils se replient, cria quelqu'un.

Les forces Drakka étaient en pleine retraite, leur nombre diminuant à chaque instant. Les Jurés, enhardis par ce revirement de situation, poussèrent leur avantage, repoussant l'ennemi encore plus loin des murs de la ville. La victoire était à portée de main, mais Kai ressentait une profonde tristesse. Tant de vies avaient été perdues, à la fois Drakka et humaines, et elle savait que le prix de cette bataille se ferait sentir pendant des générations.

L'adrénaline qui l'avait alimentée tout au long de la bataille s'estompait, laissant derrière elle un épuisement profond qui menaçait de la submerger. Kai s'affaissa contre Hikari, ses muscles hurlant de douleur.

Tu as besoin de repos, dit Hikari.

Nous n'avons pas encore terminé. Si nous baissons notre garde... sa voix s'éteignit, trop fatiguée pour finir sa pensée.

Tu t'es poussée à ta limite, répondit la dragonne, l'inquiétude perceptible dans sa voix. *Repose-toi, ne serait-ce qu'un moment.*

— Kai ?

Elle se retourna pour voir Jiro et Ichiro. Ils l'avaient rejointe sur le champ de bataille, et leurs dragons regardaient Hikari avec curiosité.

— C'était incroyable, dit Ichiro avec enthousiasme.

Jiro regarda son frère en haussant les sourcils. — Je dirais plutôt terrifiant.

Kai sourit jusqu'à ce qu'elle réalise que Jiro était sérieux.

— Je pensais que nous étions sur le point de perdre le mur, continua Ichiro, mais toi et ta dragonne avez renversé la situation !

Kai se redressa, luttant contre sa fatigue.

— Chacun d'entre nous a joué un rôle dans cette victoire, dit-elle doucement.

— C'est vrai, mais vous deux avez fait la différence. La façon dont tu manies la magie, comment toi et ta dragonne vous déplacez comme un seul être... c'était comme voir une légende prendre vie.

Kai sentit une chaleur dans sa poitrine qui n'avait rien à voir avec le pouvoir du Cœur de Flamme.

— Tu as l'air pâle, dit Jiro. Tu devrais probablement te reposer.

Avec un dernier regard sur le champ de bataille, Kai hocha la tête.

8

L'aube trouva Kai immobile au sommet du mur, contemplant le paysage calciné. L'odeur de fumée flottait encore dans l'air, et elle plissa le nez. Son armure, autrefois étincelante, portait maintenant les cicatrices de la bataille. Sa lame, cependant, restait affûtée et aussi sombre que lorsqu'elle l'avait reçue pour la première fois.

Maître Satoshi la rejoignit, l'expression solennelle. —Tu t'es bien battue cette nuit.

Kai inclina la tête. —Merci, Maître. J'aurais simplement souhaité pouvoir faire davantage.

Une agitation à la lisière du champ de bataille attira leur attention. Un cavalier solitaire approchait à une vitesse effrénée, les flancs de son cheval mousseux de sueur.

—Un messager, murmura Maître Satoshi, les sourcils froncés.

Kai jeta un coup d'œil aux autres Jurés rassemblés à proximité, remarquant le serrement de mâchoires et les légers changements de posture. Eux aussi avaient pressenti que leur triomphe durement gagné pourrait être de courte durée. Les portes furent ouvertes pour le cavalier, et Kai suivit Maître Satoshi jusqu'à la cour, le cœur battant. L'empereur avait-il entendu parler de son lien avec Hikari ?

La voix du messager tremblait alors qu'il délivrait la nouvelle, chaque mot tombant comme un coup de marteau. —Zhencheng est assiégée. Une force massive de Drakka s'est abattue sans avertissement. Les défenses de la ville sont submergées.

Un hoquet collectif parcourut ceux qui se trouvaient à portée de voix. Le sang de Kai se glaça, son esprit tournoyant face aux implications. Zhencheng était le cœur de l'empire.

—Comment est-ce possible ? demanda Maître Satoshi, plus à lui-même qu'au messager. Son visage s'illumina de compréhension. —L'attaque ici n'était qu'une ruse.

—Une ruse ? Pourquoi les Drakka enverraient-ils une si grande force ici pour une simple ruse ? demanda Kai.

—Pour détourner notre attention de leur véritable cible.

Les paroles d'Akuhara lui revinrent. *L'empire s'effondrera, et à sa place naîtra quelque chose de nouveau, quelque chose de meilleur.*

—Elle cherche à tuer l'empereur, dit Kai.

—Il semblerait, répondit Maître Satoshi.

—Et nous ne pouvons pas permettre cela.

Il commença immédiatement à donner des ordres, et bientôt, Kai se retrouva seule. Le pouvoir qu'elle partageait avec Hikari pourrait sauver Zhencheng et l'empereur, mais l'utiliser risquait d'exposer son secret. Maître Satoshi avait été clair : l'empereur la tuerait pour avoir enfreint la loi. Sauver des innocents valait-il les conséquences ?

Kai le pensait. Hikari aussi, d'après l'approbation qu'elle ressentait à travers leur lien. Elle se dirigea vers l'écurie, où ses compagnons Jurés s'affairaient déjà à préparer le départ. L'air était chargé d'une énergie nerveuse tandis que les dragons reniflaient et s'agitaient, percevant l'urgence.

—Peux-tu me passer cet onguent ? demanda Siran, pointant l'un des pots qui s'alignaient sur une série d'étagères derrière elle. Kai s'exécuta, et Siran appliqua la pommade sur une entaille au flanc de son dragon.

—Comment va-t-il ?

—Il est fort, mais cette bataille a prélevé son tribut. Je crains ce que nous affronterons à Zhencheng, surtout sans beaucoup de repos.

Autour d'elles, les Jurés travaillaient avec efficacité. On revêtait les armures, on empaquetait les provisions et on rassemblait les armes. Pourtant, sous cette agitation, Kai percevait un courant sous-jacent de peur – pas seulement pour eux-mêmes, mais pour le sort de l'empire.

—Crois-tu que nous arriverons à temps ? demanda Ichiro, son visage habituellement jovial creusé par l'inquiétude tandis qu'il resserrait la selle de son dragon.

Kai croisa son regard, forçant un sourire. —Nous devons essayer. Elle s'éloigna d'eux, cherchant un moment de solitude au milieu des préparatifs frénétiques. Elle se rendit dans le box où Hikari se reposait, ses écailles dorées miroitant sous la lumière du jour qui filtrait par la lucarne au-dessus. La dragonne leva la tête, ses yeux rencontrant ceux de Kai.

J'ai peur, admit Kai, s'affaissant sur le sol à côté d'Hikari.

Peur de quoi ?

De ne pas pouvoir la vaincre.

La dragonne gronda doucement en réponse, une vague de chaleur et de réconfort traversant leur lien.

Nous la vaincrons ensemble, dit Hikari. *Nous avons surmonté de nombreux défis, et nous triompherons aussi d'Akuhara. Tu es plus forte que tu ne le crois, et ton cœur est pur.*

Kai puisa de la force dans ses paroles et acquiesça silencieusement. Elle réfléchit au chemin qui l'avait menée à ce moment. Tout ce qu'elle avait affronté l'avait façonnée en la personne qu'elle était. Hikari avait raison, elle était plus forte qu'elle ne le pensait. La voix autoritaire de Maître Satoshi traversa l'air, attirant l'attention des Jurés.

—Rassemblez-vous, dit-il.

Kai rejoignit les autres, formant un cercle serré autour de leur chef.

—Nous volons vers le cœur du chaos contre un ennemi qui nous surpasse en nombre. Il fit une pause, laissant la gravité de ses paroles s'imprégner. —Notre mission est d'aider l'armée impériale à défendre Zhencheng. Si nous ne pouvons pas repousser les Drakka, alors nous devons évacuer l'empereur vers un lieu sûr.

L'esprit de Kai évoqua des images de la capitale assiégée, nobles et roturiers gisant sans vie dans les rues.

—Maître, intervint Jiro, la ramenant au présent. —Comment pouvons-nous espérer réussir ? Même si nous mettons l'empereur en sécurité, combien de temps cela durera-t-il avant que les Drakka ne reviennent pour lui ? Ils n'abandonneront pas la poursuite.

Le regard de Maître Satoshi se durcit. —Nous sommes les Jurés. Notre force ne réside pas dans notre nombre, mais dans notre unité, notre détermination. Nous nous dresserons comme un seul homme contre cette marée de ténèbres, et j'ai foi que nous nous élèverons au-dessus d'elle.

Un murmure d'approbation parcourut le cercle.

—Nous aurons besoin de chaque Juré et dragon à notre disposition, ce qui m'oblige à faire une demande inhabituelle. Certains d'entre nous sont tombés au combat la nuit dernière, et bien que leurs dragons soient en deuil, nous avons besoin de soldats qui puissent commander efficacement leur pouvoir. Je vous fais confiance à chacun, et je compte donc sur vous pour me donner des options. Qui pensez-vous être à la hauteur de cette tâche ?

Kai s'éclaircit la gorge. —Je connais quelques personnes.

9

La formation des Jurés fendit le ciel comme une flèche, filant vers Zhencheng. Le paysage s'étendait en dessous d'eux, un spectacle à couper le souffle fait d'innombrables teintes se fondant les unes aux autres comme un tapis tissé. Les montagnes se dressaient, leurs sommets disparaissant dans les nuages, et les vallées abritaient des rivières qui serpentaient à travers le pays. Le cœur de Kai se gonfla tandis qu'elle contemplait la beauté de sa terre natale.

Le vent fouettait ses cheveux et tirait sur ses vêtements, mais cela ne la dérangeait pas. Elle ferma les yeux et tendit les bras, savourant la liberté qu'elle ressentait. Il n'y avait aucune inquiétude dans le ciel, aucune crainte ou doute tourmentant son esprit. Il n'y avait que la course du vent et le battement des ailes d'Hikari.

Ils volèrent pendant la majeure partie de la matinée, et lorsque le soleil atteignit son zénith, Maître Satoshi leur ordonna d'atterrir. Le groupe descendit à la périphérie d'une zone boisée dense, et Kai mit pied à terre, étirant ses jambes.

— Prenez le temps de manger et de vous reposer, dit Maître Satoshi. Nous continuerons bientôt.

Kai trouvait étrange qu'il n'ordonne à personne de monter la garde, mais elle se dit que les Drakka seraient stupides de tenter de les prendre en embuscade sans une force importante. Elle n'avait vu aucun signe d'eux depuis le ciel, et elle supposait que c'était parce qu'ils se concentraient sur l'assaut de la capitale. Ryn s'approcha d'elle et inclina la tête en signe de respect.

— Je te suis encore redevable, dit-il.

— Je ne pensais pas que tu accepterais, répondit Kai. Étant donné tes sentiments envers l'empire, je veux dire.

Ryn regarda au-delà d'elle vers les arbres et haussa les épaules. — Je donnerais n'importe quoi pour récupérer mon dragon. C'est ce qui s'en rapproche le plus, alors c'était difficile de refuser.

— Je comprends. Et les autres ? demanda-t-elle en faisant un signe vers les autres Brisés, qui restaient séparés des Jurés.

— Ils sont du même avis. Nous avons été seuls pendant de nombreuses années, et ce n'est pas facile d'être de retour parmi ceux dont la loyauté va à l'empire. Mais nous ne les suivons pas. Nous te suivons, toi.

— Je sais que tu le penses, mais je ne suis pas l'Élue du Sang, dit doucement Kai.

— Tu ne portes peut-être pas le titre, mais tu en portes l'esprit. Tu inspires l'espoir là où il n'y en a pas, et ton pouvoir est plus grand que celui de n'importe quel cavalier que j'ai vu auparavant. C'est suffisant pour moi.

Kai fut touchée par ses paroles. Avant qu'elle ne puisse répondre, les yeux de Ryn s'écarquillèrent.

— Drakka !

Kai fit volte-face et dégaina son épée, scrutant les arbres. — Où ? Je ne vois rien.

— Ils sont en mouvement. Nous devons les arrêter avant qu'ils n'alertent les autres.

Kai s'élança dans les bois, se faufilant entre les arbres. Elle n'eut pas besoin d'aller loin avant d'apercevoir des formes sombres se déplaçant dans les broussailles. Les poursuivant, elle surgit d'un buisson, se retrouvant face à face avec un éclaireur

Drakka. Sans hésiter, elle balança sa lame. Le Drakka bloqua son coup et gronda, ses yeux emplis de malveillance.

Se glissant dans les ombres grâce au pouvoir de sa cape, Kai s'évanouit à la vue pour réapparaître derrière la créature confuse, enfonçant sa lame dans son dos. La créature émit un gargouillement et tomba à genoux. Plaçant son pied le long de sa colonne vertébrale, Kai arracha son épée et le Drakka s'effondra face contre terre. Siran et Jiro se tenaient à quelques pas, la regardant fixement.

— Pourquoi restez-vous plantés là ? Il y en a d'autres. Dépêchez-vous !

Kai courut dans la direction où les autres Drakka avaient fui, et Siran et Jiro la rattrapèrent. Tous trois suivirent les traces des Drakka, leurs pas résonnant sur le sol de la forêt. Les branches fouettaient leurs visages et leurs bras, mais ils ignorèrent la douleur cuisante, déterminés à attraper les éclaireurs avant qu'ils n'alertent une force plus importante.

Ils poursuivirent les Drakka plus profondément dans les bois, le sous-bois devenant plus dense à mesure qu'ils avançaient. Les créatures se déplaçaient rapidement, mais elles étaient entravées par les broussailles épaisses. En contournant un virage, Kai s'arrêta brusquement, tendant le bras pour retenir Siran et Jiro derrière elle. À travers les arbres, elle pouvait voir une petite clairière où un groupe de Drakka s'était rassemblé, leurs écailles vert foncé se fondant dans les couleurs de la forêt. Ils semblaient être au milieu d'une discussion animée, leurs grondements et sifflements emplissant l'air.

Kai s'accroupit, faisant signe à ses compagnons de faire de même. Elle savait qu'ils ne pouvaient pas affronter seuls un groupe de Drakka de cette taille. Ils avaient besoin d'un plan.

Où es-tu ? demanda Kai à Hikari.

Je survole les arbres, mais je ne vois rien à travers la canopée. Que se passe-t-il ?

Kai envoya une image de ce qu'elle voyait au dragon, mais Hikari ne fit qu'inonder leur lien de confusion. Une brindille craqua derrière eux, et les Drakka se tournèrent dans leur direction. Kai tourna brusquement la tête pour voir Ichiro. Il lui fit un signe de tête avant qu'un sifflement ne remplisse l'air, et qu'une flèche ne le frappe en pleine poitrine. Il chancela sous l'impact et s'effondra au sol.

— Ichiro ! Jiro se précipita aux côtés de son frère.

Le son de la bataille emplit l'air, et Kai se retourna vers la clairière pour voir Ryn et les autres Brisés combattre les Drakka. Siran se lança dans la clairière, son épée scintillant tandis qu'elle rejoignait la mêlée.

Kai se précipita vers Ichiro. La flèche l'avait frappé parfaitement dans un interstice de son armure. Le sang jaillissait de la blessure, et Kai pressa sa main contre celle-ci pour arrêter l'écoulement. Ichiro gémit de douleur, et Jiro tenait la tête de son frère sur ses genoux.

— Reste éveillé, supplia-t-il.

— Nous devons le sortir d'ici. Maître Satoshi saura quoi faire. Peux-tu m'aider à le porter ?

Jiro acquiesça et se releva. Kai attrapa ses jambes et Jiro ses bras, et ensemble ils le transportèrent hors des bois. Le camp était en état d'alerte, et les Jurés étaient postés de tous les côtés, armes dégainées et prêts.

Maître Satoshi les vit au moment où ils sortaient des arbres, et il appela un médecin. Kai et Jiro déposèrent doucement Ichiro, et le médecin prit le relais, examinant la blessure. Sans rien expliquer, Kai s'élança de nouveau dans les bois, se dirigeant vers la clairière. Quand elle y retourna, les Drakka utilisaient leur pouvoir sur la terre, invoquant des racines d'arbres du sol pour attaquer les Brisés.

Ryn et ses hommes avaient épuisé leurs forces et commençaient à perdre du terrain. Kai utilisa sa cape pour se fondre dans le royaume des ombres, se déplaçant à travers les arbres comme un fantôme et abattant les Drakka les uns après les autres. Les Brisés renouvelèrent leur attaque, et bientôt tout le groupe de créatures fut anéanti.

— C'est tout ? demanda Kai après être revenue dans le monde physique.

Ryn inclina la tête sur le côté comme s'il écoutait quelque chose, puis acquiesça. — Je ne sens pas les autres. Je pense que nous les avons tous tués.

Kai essuya son épée sur l'un des corps et la remit au fourreau. — Bien. Quelqu'un a-t-il été blessé ?

— Non. Nous avons eu de la chance.

— La chance n'a rien à voir là-dedans, j'en suis sûre, répondit-elle en souriant. Vous êtes tous des guerriers habiles.

Ryn inclina la tête devant elle. Ils marchèrent ensemble à travers les bois, et quand ils revinrent au camp, bon nombre des Jurés lancèrent des regards curieux à Kai. Elle s'approcha de Maître Satoshi.

— Comment va Ichiro ? demanda-t-elle.

— Il va survivre, bien qu'il ne pourra pas combattre. Son dragon va le ramener à Dangju.

Le soulagement envahit Kai. — C'est une excellente nouvelle. Pourquoi... tout le monde me regarde-t-il ainsi ?

— Le récit de vos exploits dans les bois se répand.

— Ils ont peur de moi maintenant, n'est-ce pas ?

— La peur découle souvent d'un manque de compréhension, dit Maître Satoshi, en posant une main réconfortante sur son épaule. Votre secret est en sécurité, ne vous inquiétez pas. Je veillerai à ce qu'ils sachent que vous n'êtes pas différente des autres Jurés.

— Merci, Maître, murmura-t-elle.

— Mangez quelque chose et préparez-vous. Nous devons continuer.

Le voyage reprit, et ils volèrent jusqu'à la nuit, établissant leur camp sur un plateau parmi les montagnes. L'épuisement de Kai lui valut la première nuit complète de repos qu'elle avait connue depuis des jours. Juste avant l'aube, Maître Satoshi les réveilla tous, leur offrant du riz vapeur pour le petit-déjeuner avant d'ordonner la reprise du voyage.

Ils volèrent pendant plusieurs heures, et tandis que Zhencheng apparaissait à l'horizon, une soudaine rafale de vent les secoua, faisant vaciller dangereusement les dragons. Kai resserra sa prise sur Hikari en plissant les yeux vers l'avant.

Quelque chose ne va pas, dit-elle à son dragon. *Ce n'est pas naturel.*

À peine ces mots avaient-ils quitté son esprit qu'un mur de nuages tourbillonnants se matérialisa devant eux, crépitant d'éclairs violets. La tempête surgit de nulle part, son intensité rappelant à Kai celle qui avait frappé Ikje avant la Cérémonie des Serments.

Magie Drakka, dit Hikari. *Je peux la sentir.*

Kai savait qu'ils ne pouvaient pas faire demi-tour, pas alors qu'ils étaient si proches. Puisant dans leur lien, elle étendit ses sens, sondant la tempête magique.

Je pense que je peux nous guider à travers, dit-elle. *Emmène-nous vers Maître Satoshi.*

Le dragon accéléra, les menant jusqu'à la position de tête.

— Laissez-moi prendre la tête ! cria-t-elle, essayant de se faire entendre malgré le vent. Dites-leur de me suivre !

Maître Satoshi hocha la tête, leur faisant signe d'avancer. Hikari prit la position de tête, et les Jurés se placèrent derrière eux. Kai ferma les yeux, se concentrant sur le flux et le reflux des énergies magiques qui les entouraient. Tu peux le sentir ? demanda-t-elle au dragon.

Oui. Le chemin est périlleux, mais pas infranchissable.

Dans un profond soupir, Kai ouvrit les yeux et poussa Hikari en avant, plongeant au cœur de la tempête. La foudre crépitait autour d'eux, le vent menaçant de les arracher du ciel. Mais Kai resta concentrée, guidant le groupe à travers le maelstrom grâce à une combinaison d'instinct et de ses capacités magiques.

À gauche ! dit-elle, et Hikari vira brusquement, évitant de justesse un filament d'éclair violet. *Maintenant vers le haut !*

Pendant ce qui sembla une éternité, ils naviguèrent dans la tempête magique jusqu'à ce que, finalement, dans un dernier élan de vitesse, ils émergèrent de l'autre côté, la tempête se dissipant derrière eux. Des acclamations éclatèrent parmi les Jurés lorsqu'ils réalisèrent qu'ils avaient traversé la tempête. Maître Satoshi reprit la tête. Il lui jeta un regard, ses lèvres formant un petit sourire satisfait. Il y avait quelque chose de profondément personnel dans ce regard, comme si cette fierté ne s'épanouissait pour les yeux de personne d'autre que les siens.

Kai lui rendit son hochement de tête, la poitrine serrée par un mélange d'exaltation et de malaise. Elle savait que ses pouvoirs grandissaient, mais à quel prix ?

Le paysage en dessous devint désolé. La terre calcinée et les villages abandonnés racontaient l'histoire de l'avancée des Drakka. L'humeur de Kai devint sombre. Les terres autrefois verdoyantes entourant la capitale n'étaient plus qu'un désert, et au loin, elle pouvait voir la lueur des feux.

Combien d'innocents ont déjà souffert ? se demanda-t-elle.

La présence rassurante d'Hikari emplit son esprit. *Nous les vengerons.*

Au loin, les murs imposants de Zhencheng apparurent enfin, mais au lieu d'être un phare d'espoir, ils se dressaient désormais comme un dernier bastion contre les ténèbres envahissantes. La présence de la horde Drakka était indéniable, leurs machines de guerre et leur magie noire étant une plaie sur la terre. Kai déglutit difficilement, se préparant mentalement à la bataille à venir.

Si nous tombons... commença-t-elle sans finir.

Si nous tombons, ce sera dans un éclat de gloire, dit Hikari.

72

10

La grande cité de Zhencheng se dressait devant Akuhara comme une braise obstinée refusant de s'éteindre. Ses hautes murailles étaient hérissées de soldats impériaux, et les Jurés volaient au-dessus. Même depuis la crête où elle se tenait, elle pouvait voir les bannières de l'empereur claquer avec défi dans le vent, leurs fils d'or scintillant dans la lumière.

Ses forces se rassemblaient en contrebas, une masse bouillonnante de Drakka qui emplissait l'air de leurs grognements et rugissements. Elle avait convoqué jusqu'au dernier d'entre eux, des plus petits nouveau-nés aux plus puissants guerriers. Ce devait être son attaque finale, le coup écrasant qui mettrait définitivement fin à l'empire. Pourtant, ses poings se serraient de rage.

Dangju. Ce nom brûlait dans son esprit comme une marque au fer rouge. Quand la nouvelle de la défaite des Drakka lui était parvenue, elle avait hurlé de colère et de frustration. Une ville qui aurait dû être réduite en cendres tenait encore debout, grâce à l'intervention de sa sœur.

Kai.

Akuhara fit volte-face, bouillonnante de fureur alors qu'elle entrait à grands pas dans sa tente. L'espace était illuminé par un brasero qui brûlait vivement, sa lueur projetant des ombres sur les cartes et les plans de bataille étalés sur la table. Son dragon la suivit, passant sa tête à travers les pans de la tente, ses yeux en fusion brillant de curiosité et d'inquiétude.

Tu laisses ta rage te consumer, dit-il, sa voix un grondement sourd.

Tais-toi, répliqua sèchement Akuhara, frappant la table de ses mains. Sa respiration venait par courtes bouffées furieuses tandis qu'elle fixait la carte de Zhencheng. Ses griffes de magie noire tracèrent les défenses de la ville, cherchant des faiblesses, la moindre fissure qu'elle pourrait exploiter.

Elle est là, dit finalement Akuhara, sa voix tremblant d'un mélange de colère et de quelque chose qu'elle ne voulait pas admettre.

La peur. *Kai a amené plus de Jurés pour défendre la ville. Elle est devenue plus forte. Trop forte.*

Le dragon s'approcha davantage, sa tête massive assez proche pour qu'elle puisse sentir son souffle. *Tu l'as affrontée avant. Tu peux l'affronter de nouveau. Et cette fois, tu la vaincras.*

Akuhara secoua la tête, ses mains se serrant en poings. *Elle est différente maintenant. Chaque fois, elle devient plus que ce que j'attends. Plus que ce que je peux surmonter. Elle a un dragon ancien, et maintenant elle possède le Cœur de Flamme et cette cape. Comment suis-je censée arrêter ça ?*

Les yeux en fusion du dragon se rétrécirent. *Tu as une horde entière à tes ordres. Tu m'as moi. Elle n'est qu'une seule.*

— Elle n'est pas qu'une seule ! cria Akuhara à voix haute, frappant la table de son poing assez fort pour fendre le bois. Elle prit une respiration saccadée, ses épaules tremblant. *Elle est taillée dans le même tissu que moi. Et elle ne s'arrêtera pas avant d'avoir gagné.*

Le silence s'installa dans l'air, épais et suffocant. Akuhara se détourna, son regard dérivant vers le fond de la tente. À l'extérieur, les rugissements des Drakka résonnaient à travers le campement, leur soif de sang était palpable. Elle savait qu'elle pouvait les déchaîner, les laisser submerger la ville dans une marée de feu et de destruction. Mais ce ne serait pas seulement l'empire qui tomberait. Ce serait tout. Possiblement même elle.

— Je dois en finir, murmura Akuhara, sa voix à peine audible. Plus de retraites. Plus d'attente. Zhencheng doit brûler.

Son dragon gronda en accord, mais il y avait une note de prudence dans son ton. *Alors tu dois te blinder. Elle ne montrera pas de pitié. Et toi non plus, tu ne le peux pas.*

Akuhara se redressa, son expression se durcissant en un masque de détermination. Elle quitta la tente, son esprit agité par le doute et la peur, mais elle les enfouit profondément sous le poids de sa colère. Si elle devait affronter Kai à nouveau, ce serait à ses conditions. Et cette fois, elle ne faiblirait pas.

Elle projeta sa voix par magie, son ton froid et inflexible.

— Attaquez !

11

L'odeur de fumée piquait les narines de Kai tandis qu'ils survolaient la cité impériale. Les tambours de guerre résonnaient dans l'air, se mêlant aux rugissements gutturaux des Drakka — une marée implacable qui s'étendait jusqu'à l'horizon. Leurs formes massives transformaient la terre en un bourbier nauséabond, détruisant tout sur leur passage.

Les soldats impériaux se tenaient au sommet des remparts, le visage pâle mais les armes fermes. Les archers décochaient des volées de flèches, bien que beaucoup ne parvenaient pas à percer les peaux épaisses et blindées des Drakka. Les machines de siège projetaient de la poix enflammée et des cuves d'huile bouillante étaient déversées sur les assaillants, mais la masse pure de l'ennemi demeurait intacte. Pour chaque Drakka qui tombait, une douzaine d'autres se ruaient en avant, escaladant les cadavres de leurs semblables dans leur faim insatiable de pénétrer dans la ville.

Et quelque part là-bas, Kai le savait, se trouvait sa sœur. Elle observait tout cela avec une expression grave, l'espoir cédant lentement place au désespoir.

Comment pouvons-nous espérer repousser une telle marée ? demanda-t-elle.

Nous n'avons pas d'autre choix que de réussir, répondit Hikari.

Maître Satoshi revint après s'être entretenu avec l'empereur, son dragon volant au centre de leur formation. Il cria pour se faire entendre au-dessus du vacarme, sa voix tranchant à travers le chaos.

— L'empereur nous a donné un dernier ordre : nous devons percer les lignes des Drakka et couper la tête du serpent. — En parlant, il regarda Kai. — Nous devons l'attirer et la vaincre par tous les moyens nécessaires.

Kai comprit la vraie signification derrière ses paroles : elle était chargée d'arrêter Akuhara. Elle offrit un hochement de tête silencieux en signe d'acceptation. Elles s'étaient déjà affrontées une fois, et bien que

Kai ait gagné, le pouvoir de sa sœur n'était pas à sous-estimer.

Des idées pour la trouver ? demanda Hikari.

Kai scrutait les rangs des Drakka, mais il n'y avait aucun signe d'Akuhara. *Nous devons faire quelque chose pour attirer son attention.*

— J'aurai besoin des Brisés, dit Kai à Maître Satoshi.

— Prenez qui vous voulez. Le reste d'entre nous fera ce qu'il peut pour tenir les Drakka loin des murs.

Kai fit signe à Ryn, et Hikari descendit du ciel, libérant un torrent de flammes qui creusa un sillon à travers les Drakka, en incinérant des dizaines d'un seul souffle. Derrière elle, les Brisés suivaient. Ryn menait ses hommes sur un dragon noir comme minuit, frappant comme un présage ténébreux de mort. Les Brisés volaient en formation serrée, leurs lames scintillant et leur magie crépitant alors qu'ils plongeaient dans la mêlée.

Kai s'agrippait à la selle d'Hikari, ses cheveux fouettant dans le vent tandis qu'ils plongeaient vers un groupe de Drakka. Avec un cri sans parole, elle libéra le Cœur de Flamme, l'artefact flamboyant dans sa poigne. Une onde de choc enflammée éclata, dispersant les créatures comme des feuilles dans une tempête. Mais les créatures étaient implacables, et Hikari remonta en flèche alors que les Drakka se pressaient vers eux, leurs griffes lacérant l'air.

Kai cherchait sa sœur, mais elle n'était nulle part en vue. Ses yeux se plissèrent quand elle aperçut un Drakka massif — une créature deux fois plus grande que ses congénères — chargeant vers la porte extérieure de la ville. Sa chair luisait comme de l'obsidienne, et une couronne de cornes torsadées ornait sa tête.

Je ne sais pas ce que c'est, mais ça ne peut pas être bon, dit Kai.

Devrions-nous essayer de l'arrêter ? demanda Hikari.

Kai hésita. *Non. Nous devons trouver Akuhara.*

Hikari s'éleva plus haut dans le ciel empli de fumée, ses ailes battant avec de puissants coups tandis que les sons de la bataille en dessous s'estompaient. Kai scrutait le champ de bataille, mais Akuhara restait invisible.

Nous avons besoin d'une diversion assez importante pour faire sortir Akuhara. Quelque chose qu'elle ne peut pas ignorer.

Avant qu'elle ne puisse décider ce que cela pourrait être, elle remarqua que les Drakka se massaient d'un côté des murs. Ce n'était pas du chaos, c'était coordonné, presque comme si—

Son cœur se serra lorsqu'elle l'aperçut : une brèche dans le mur. Les Drakka s'y déversaient comme l'eau d'un barrage rompu.

— Non, murmura-t-elle, son esprit en ébullition. Ils ne pouvaient pas perdre la ville. Kai prit une décision en une fraction de seconde.

Emmène-moi là-bas, dit-elle à Hikari, s'agrippant fermement au dragon alors qu'ils plongeaient en spirale vers le mur. Ils atterrirent au milieu de la horde de Drakka, et Hikari laissa échapper un rugissement assourdissant. Les Drakka hésitèrent un instant, et Kai ne perdit pas de temps à canaliser le Cœur de Flamme, déchaînant une vague de feu qui consuma les ennemis les plus proches dans un brasier.

Hikari souffla ses propres flammes, et avec un grondement primaire, Kai poussa ses mains en avant, guidant le feu vers les flammes de son dragon. Les deux flux se fondirent, grandissant, tourbillonnant, jusqu'à ce qu'un mur massif de chaleur brûlante jaillisse devant eux.

L'avancée des Drakka s'arrêta brusquement, leurs cris de guerre se transformant en hurlements de confusion et de douleur. La barrière de feu s'étendait à travers la brèche, un rideau impénétrable d'orange et d'or scintillant. Les bras de Kai tremblaient sous l'effort du maintien du sort. Elle leur achetait du temps pour sceller la brèche, mais elle savait que ce ne serait pas suffisant.

Son regard balaya les murs, observant les défenses battues, les soldats épuisés et l'ennemi implacable qui pressait toujours contre sa barrière enflammée. Un rugissement soudain et glaçant résonna à travers le chaos.

Le cœur de Kai manqua un battement lorsqu'elle vit l'énorme Drakka d'obsidienne charger vers eux, ses cornes luisant à la lumière du feu. Les autres Drakka dans les environs semblaient s'écarter comme une mer sombre, cédant le passage à cette formidable créature. Ses yeux se fixèrent sur Kai, et un frisson parcourut son échine. Ce Drakka n'était pas une bête ordinaire ; il exsudait une aura de puissance et de malveillance qui fit même hésiter Hikari un instant.

Au moment où elle sentait ses forces l'abandonner, Ryn et les autres Brisés rejoignirent la mêlée, attaquant l'énorme Drakka. Leurs dragons déchaînaient des torrents de flammes, de foudre et de glace, leur férocité inégalée.

Mais ce n'était pas suffisant. Les Drakka étaient trop nombreux, leurs rangs trop profonds. Même l'héroïsme des Brisés ne pouvait pas faire pencher la balance bien longtemps. Ils avaient besoin d'un miracle.

12

— La brèche est scellée ! cria Maître Satoshi.

C'était une petite victoire, mais elle remonta néanmoins le moral de Kai. Elle reporta son attention sur l'énorme Drakka. Au risque de briser sa concentration, elle glissa du dos du dragon et se tint à ses côtés.

Aide-moi à l'abattre, dit Kai à Hikari.

Je suis prête quand tu l'es.

— Ryn ! cria Kai. Replie-toi !

Il fit ce qu'elle demandait, et les autres Déchirés suivirent son ordre. Une fois qu'ils furent hors du chemin, Kai dirigea les flammes du mur vers le Drakka, forçant le mur à encercler la créature. Le Drakka griffa la barrière, sa forme massive se détachant en silhouette contre les flammes. Ses rugissements de défi se transformèrent en cris de douleur tandis que les flammes brûlaient sa chair, mais il continuait d'avancer avec une force surnaturelle. Kai serra les dents et concentra toute son énergie à maintenir le sort, son corps tremblant sous l'effort.

Avec un rugissement tonitruant, Hikari s'élança à travers le mur de feu, percutant le Drakka. Leur collision envoya des ondes de choc à travers le sol sous les pieds de Kai alors qu'ils luttaient pour la domination. Kai relâcha sa magie et dégaina son épée, hésitant un instant tandis que sa vision se troublait. Elle se clarifia rapidement et elle se précipita en avant, faisant tournoyer sa lame dans un arc qui sépara la tête du Drakka de ses épaules. Une acclamation s'éleva des défenseurs sur les murs.

Mais le combat n'était pas encore terminé. D'autres Drakka surgirent, leur haine alimentée par la chute de leur camarade. Un groupe de Jurés et leurs dragons atterrirent de chaque côté de Kai, rejoignant la bataille. Kai grimpa sur le dos d'Hikari, et les Jurés se mirent en formation de fer de lance. Kai sentit les muscles d'Hikari se tendre sous elle, prêts à mener la charge.

— Ensemble ! cria Kai.

— Ensemble ! répondirent les autres à l'unisson.

L'air se remplit du fracas de la bataille alors que dragons et Drakka s'entrechoquaient. Kai guidait Hikari par de subtils déplacements de son poids, leurs esprits fonctionnant comme un seul. Elles s'enfoncèrent dans les rangs des Drakka, portant des coups rapides et mortels, laissant la destruction dans leur sillage.

Le cours de la bataille commença à changer, lentement mais inexorablement. Kai observa avec une allégresse grandissante les lignes des Drakka qui commençaient à se fracturer sous l'assaut implacable des Jurés. Des flux de feu, de glace et d'éclairs traversaient le ciel tandis que les Jurés déchaînaient leurs pouvoirs élémentaires en parfaite harmonie.

Kai ressentit une vague de fierté et d'espoir. Se sentant audacieuse, elle expérimenta les capacités de la cape en étendant son pouvoir pour couvrir également Hikari. Elle réussit, mais cela lui coûta beaucoup d'énergie. Elle l'utilisa par à-coups, guidant Hikari à travers le royaume des ombres pour apparaître là où elles étaient le plus nécessaires, réapparaissant pour offrir soutien et direction.

— Ils faiblissent ! s'écria Kai, le cœur battant. Continuez à pousser !

Comme en réponse à ses paroles, les formations des Drakka commencèrent à s'effondrer. Leurs rugissements redoutables se transformèrent en cris de frustration et de douleur alors qu'ils se retrouvaient dépassés à chaque tournant. Un cor retentit dans les airs, et les Drakka commencèrent à battre en retraite.

Akuhara est proche, dit Kai. *Emmène-moi en hauteur.*

Hikari prit son envol, et Kai scruta le sol. Il n'y avait toujours aucun signe de sa sœur. Elle observa les vagues de Drakka se replier loin de la cité, mais elle savait que ce n'était qu'un bref répit. Tant qu'Akuhara serait là-bas, les Drakka ne céderaient pas. Elles retournèrent au sol, et Maître Satoshi les attendait parmi les Jurés.

— Tu as fait tes preuves en tant que leader, dit-il à Kai. Les Jurés se sont ralliés à toi d'eux-mêmes.

—Je ne faisais que ce que n'importe lequel d'entre nous aurait fait, répondit Kai.

— Nous devons rallier nos forces et nous préparer pour la prochaine vague. Ce que nous avons vu n'est que le début.

Maître Satoshi avait raison. La prochaine vague de Drakka arriverait, et une fois de plus, les défenses de la cité seraient mises à rude épreuve. Ils avaient besoin de repos, mais il n'y avait pas de temps à perdre. Maître Satoshi commença à donner des ordres, organisant leurs forces et se préparant à l'assaut imminent.

Ce ne fut pas long avant qu'un éclaireur n'arrive avec la nouvelle que les Drakka s'étaient regroupés.

— Combien ? demanda Maître Satoshi.

— Plus qu'avant. Bien plus. La voix de l'éclaireur tremblait. Et le ciel... ce n'est pas naturel.

Des nuages d'orage sombres tourbillonnaient à l'horizon, teintés d'une lueur verdâtre inquiétante. Un grondement sourd secouait le sol, comme si la terre elle-même tremblait de peur. Au loin, une vaste mer d'ombres apparaissait à l'horizon, s'étendant à perte de vue. Les Drakka étaient de retour.

Tandis que Kai observait, une silhouette s'éleva au-dessus des rangs, terrible et familière. Akuhara. À ses côtés se dressait une forme monstrueuse — son dragon, enveloppé de lumière verte et de flammes. L'air devint lourd, chargé d'une énergie oppressante qui rendait la respiration difficile. Kai sentit une présence à ses côtés et se tourna pour voir Siran, le visage grave.

— Par les ancêtres, souffla-t-elle. Ils sont si nombreux...

Les nuages d'orage tourbillonnaient au-dessus d'eux, et au loin, le dragon d'Akuhara poussa un rugissement à glacer le sang. Kai ferma les yeux, puisant au plus profond d'elle-même la force dont elle aurait besoin dans la bataille à venir. Les éléments répondirent à son appel, le feu et la terre déferlant dans ses veines.

Je suis avec toi, dit Hikari. *Nous la vaincrons ensemble.*

La voix de Maître Satoshi trancha la tension, tirant Kai de ses pensées. Il se tenait au sommet d'un créneau proche, ses cheveux fouettés par le vent tandis qu'il s'adressait aux défenseurs rassemblés.

— Fils et filles de Zhencheng ! tonna-t-il. L'ennemi se tient à nos portes, mais il ne trouvera pas de victoire facile ici ! Nous sommes les gardiens de cette terre, et nos esprits brillent plus intensément que leurs nuages sombres ! Souvenez-vous de ceux qui nous ont précédés, qui ont donné leur vie pour que nous puissions nous tenir ici aujourd'hui ! Nous sommes les Jurés, et nous ne faiblirons pas !

Un chœur d'acclamations jaillit des défenseurs. Kai leva son poing en signe de solidarité, son cœur battant d'un mélange de peur et de détermination. Elle passa une main sur les écailles d'Hikari. Le dragon gronda en réponse, un panache de fumée s'enroulant de ses narines.

Un fracas assourdissant ébranla les fondations de la cité. Au loin, d'énormes rochers décrivaient des arcs dans les airs, s'écrasant contre les murs extérieurs de Zhencheng.

— Ils ont amené des machines de siège ! cria quelqu'un.

L'esprit de Kai s'emballa. — Hikari, nous devons...

Avant qu'elle ne puisse terminer sa phrase, une autre volée s'abattit sur les défenses. L'air se remplit des cris de civils paniqués et des hurlements de soldats se précipitant à leurs postes.

— Brèches multiples ! vint un cri frénétique d'au-delà du mur. Ils attaquent de tous les côtés !

13

Le monde devint flou lorsque Hikari prit son envol, ses puissantes ailes les transportant au-dessus du chaos. De leur point d'observation, le cœur de Kai se serra à la vue du spectacle en contrebas. Les murs extérieurs s'étaient effondrés à plusieurs endroits, et des flots de forces Drakka se déversaient par les brèches comme une inondation toxique.

Nous ne pouvons pas les laisser atteindre le palais, dit Kai.

Hikari grogna en signe d'approbation, plongeant vers la brèche la plus proche. Kai fit jaillir des torrents de flammes qui s'abattirent sur les envahisseurs. Des cris de douleur et de rage montèrent d'en bas. Alors qu'ils viraient pour un autre passage, Kai aperçut des civils terrifiés fuyant dans les rues.

Nous devons leur faire gagner du temps, dit-elle, plus pour elle-même que pour Hikari. *Direction la porte principale !*

Ils survolèrent la ville, l'estomac de Kai se tordant à la vue de la destruction en contrebas. Des incendies faisaient rage sans contrôle, la fumée s'élevant dans le ciel. Le bruit des aciers qui s'entrechoquent et des cris d'agonie emplissait l'air. Atterrissant près de la porte, Kai sauta du dos d'Hikari.

— Où est Maître Satoshi ? demanda-t-elle à un garde à proximité.

— Il a été convoqué par l'empereur.

Tiens cette position, dit-elle à Hikari.

Kai courut à travers les rues. L'assaut des Drakka était implacable, bien au-delà de ce qu'elle avait imaginé. Elle atteignit le palais et y entra sans être défiée, les gardes étant absents. Lorsqu'elle fit irruption dans les appartements impériaux, la scène devant elle lui glaça le sang.

L'empereur, le visage blême, était entouré de conseillers tremblants. — Nous n'avons pas le choix, disait-il, sa voix âgée vacillante. Nous devons nous rendre avant que tout ne soit perdu.

— Votre Majesté ! s'écria Kai en s'avançant. Tous les yeux se tournèrent vers elle, y compris ceux de Maître Satoshi qui se tenait à côté du trône de l'empereur. Vous ne pouvez pas vous rendre.

Les yeux de l'empereur se plissèrent. — Zhencheng est en train de tomber. Continuer ce combat, c'est condamner notre peuple au massacre.

Kai secoua vigoureusement la tête. — Je peux arrêter ça. Je peux affronter Akuhara directement.

Maître Satoshi se pencha et chuchota à l'oreille de l'empereur. Kai ne put s'empêcher de se demander s'il la trahissait. L'empereur l'étudia un long moment, le conflit clairement visible sur son visage. Finalement, il acquiesça.

— Je ne faillirai pas, promit-elle. Gardez l'empereur en sécurité, ajouta-t-elle en regardant Maître Satoshi. Il hocha la tête, et Kai quitta le palais, sprintant vers la porte principale de la ville.

Il est temps d'en finir, dit-elle à Hikari en s'arrêtant près du dragon. *Je m'occupe d'Akuhara. Toi, occupe-toi de sa bête.*

Hikari prit son envol avec un rugissement sonore, disparaissant par-dessus le mur. Kai se glissa par la porte, qui avait été entrouverte par un gros rocher. Elle scruta le champ de bataille et repéra Akuhara conduisant un groupe de Drakka, une puissance crépitant autour d'elle comme une aura sinistre. Kai resserra sa prise sur le pommeau et se précipita à sa rencontre.

— Je me doutais bien que je te trouverais ici, dit sa sœur. Tu es devenue une vraie épine dans mon pied.

— Permets-moi de soulager ta souffrance.

Sans avertissement, Akuhara frappa. Des vrilles de magie sombre, entrelacées de flammes brûlantes, se lancèrent vers Kai. Elle eut à peine le temps de réagir. Elle plongea sur le côté, canalisant sa connexion à la terre. Le sol trembla, répondant à sa volonté. Un mur de pierre jaillit du sol, la protégeant du plus gros de l'assaut d'Akuhara.

— Tu ne peux pas me battre, railla Akuhara, déchaînant une autre salve de feu noir qui fit fondre la pierre. Tu es trop faible, trop effrayée pour saisir le véritable pouvoir !

Serrant les dents, Kai puisa dans la magie du Cœur de Flamme, repoussant les flammes de sa sœur. — Tu te trompes, répliqua-t-elle, sa voix ferme malgré l'effort. La force ne consiste pas à dominer. Il s'agit de faire ce qui est juste, même quand cela te coûte tout.

Les yeux d'Akuhara brillèrent de malice tandis qu'elle invoquait un tourbillon d'ombres, ses doigts s'agitant en gestes arcanes. — De si nobles sentiments ne te sauveront ni toi ni cet empire. Je te l'ai déjà dit, je vais brûler ce monde et créer quelque chose de nouveau.

La sombre tempête déferla vers Kai, crépitant d'énergie. Les instincts de Kai prirent le dessus. Elle avança ses mains, appelant le Cœur de Flamme. Un mur brillant de feu surgit devant elle, s'entrelaçant avec des volutes d'ombre qu'elle invoqua du royaume des ombres.

— Je ne te laisserai rien détruire d'autre ! cria Kai.

Leurs pouvoirs s'entrechoquèrent dans un spectacle éblouissant. Des flots de feu et d'ombre dansaient autour d'elles, l'air grésillant d'énergie. Kai fit appel à la terre, provoquant le déplacement et le soulèvement du sol sous les pieds d'Akuhara. Sa sœur trébucha mais retrouva rapidement son équilibre, ripostant avec un torrent d'eau venu du ciel qui menaçait de noyer Kai sur place. Kai contra la magie en surchauffant l'air, transformant le déluge en vapeur.

— Astucieux, admit Akuhara à contrecœur, les yeux plissés. Mais tu n'es qu'une novice comparée à moi.

Kai respirait par à-coups. Elle pouvait sentir la tension de maintenir une manipulation élémentaire aussi intense. Mais elle ne pouvait pas faiblir maintenant. D'un mouvement rapide, Kai invoqua une bourrasque de vent, l'utilisant pour se propulser dans les airs. De ce point de vue, elle fit pleuvoir une rafale de boules de feu, chacune visant à repousser Akuhara.

Elle ne pourrait pas tenir beaucoup plus longtemps.

Kai sentit la chaleur familière de la présence d'Hikari effleurer son esprit. Dans ce moment de connexion, une vague de force l'envahit. Elle ferma brièvement les yeux, respirant profondément.

Montre-lui ton véritable pouvoir.

Les mots provenaient de leur lien, mais ce n'était pas la voix d'Hikari qu'elle entendait. C'était celle de Kokoro. D'un geste fluide, Kai déploya la cape de peau de dragon, ses écailles miroitant d'une lumière surnaturelle. Alors qu'elle s'en enveloppait, elle glissa dans le royaume des ombres. Le champ de bataille autour d'elle devint étouffé, fantomatique. Elle pouvait voir Akuhara, mais les mouvements de sa sœur étaient lents, comme si elle évoluait dans l'eau.

Kai se faufila à travers les ombres, surgissant derrière Akuhara. Elle frappa l'arrière de sa jambe, mettant sa sœur à genoux. Akuhara se releva et fit volte-face, mais Kai avait déjà disparu, se fondant à nouveau dans les ombres. Elle réapparut à la gauche d'Akuhara, invoquant un tourbillon de feu qui prit sa jumelle par surprise.

— Reste immobile et bats-toi ! rugit Akuhara.

Kai ressentit une pointe de tristesse. — Je me bats contre toi, dit-elle. Mais selon mes conditions, pas les tiennes !

Alors qu'elle dansait entre les royaumes, Kai pouvait sentir que la marée de la bataille changeait. Les attaques d'Akuhara, autrefois si écrasantes, semblaient maintenant maladroites et prévisibles. À chaque passage, Kai utilisait les éléments — le feu pour aveugler, la terre pour piéger et l'air pour bourrasquer.

La fureur d'Akuhara grandissait à chaque assaut raté. — Tu crois que tes tours de passe-passe peuvent te sauver ? hurla-t-elle en libérant une vague massive d'énergie sombre.

Mais Kai était prête. Elle émergea des ombres directement devant sa sœur, ses mains tissant un motif complexe, guidée par les dragons anciens du passé. Les éléments répondirent à son appel, formant une barrière scintillante qui absorba l'attaque d'Akuhara.

D'un geste, elle retourna l'énergie sombre d'Akuhara contre elle, la renvoyant dans un spectacle éblouissant. Pour la première fois, Kai vit la peur vaciller dans les yeux de sa sœur. Avec un hurlement à glacer le sang, Akuhara projeta ses mains vers le ciel. L'air crépita tandis que les ténèbres tourbillonnaient autour d'elle, se fondant en un maelström de pure force destructrice.

Kai ferma les yeux, plaçant une main sur le Cœur de Flamme. Sa chaleur pulsait en synchronisation avec les battements de son cœur, et elle sentit la force d'Hikari couler en elle. Dans une profonde inspiration, Kai canalisa le pouvoir du Cœur de Flamme. Le feu jaillit de ses mains, affrontant l'assaut d'Akuhara de plein fouet. Le choc des énergies illumina le champ de bataille, projetant des ombres inquiétantes sur les murs de la cité.

Kai serra les dents, ses bras tremblant sous l'effort. Lentement, centimètre par centimètre, le feu de Kai commença à repousser les ténèbres d'Akuhara. L'air miroitait de chaleur, le sol sous leurs pieds se fissurant sous l'immense pression.

Le Cœur de Flamme brillait plus intensément que jamais, son pouvoir parcourant les veines de Kai. Des larmes ruisselant sur son visage, elle rassembla ses forces pour une ultime poussée, mais alors que les flammes enveloppaient Akuhara, sa détermination vacilla.

14

Malgré tout, une lueur d'espoir brûlait en Kai. Elle tendit la main, sa voix douce mais pressante.

—Abandonne cette voie, supplia-t-elle. Cela ne doit pas finir ainsi.

Les lèvres d'Akuhara se courbèrent en un rictus, sa voix dégoulinante de venin.

—Enfant naïve. Les ténèbres sont tout ce que j'ai.

Avec un grognement, Akuhara bondit en avant, une énergie sombre crépitant autour de ses doigts. Les instincts de Kai prirent le dessus, ses pouvoirs élémentaires jaillissant. Elle projeta ses mains en avant, des forces invisibles clouant Akuhara au sol.

Le cœur de Kai battait comme un tambour, refusant de ralentir. Était-ce vraiment la seule issue ? Mais en plongeant son regard dans les yeux d'Akuhara emplis de haine, elle sut qu'il n'y avait pas d'autre choix.

Le cœur lourd, Kai dégaina son épée à lame noire. Son poids lui semblait différent maintenant, comme si elle portait le fardeau de ce qu'elle devait accomplir. Elle leva la lame, sa surface d'obsidienne reflétant le chaos qui les entourait.

Akuhara luttait contre ses liens invisibles, mais en vain.

—Je suis désolée, murmura Kai. Leurs regards se croisèrent, et Kai enfonça l'épée profondément dans le cœur d'Akuhara.

Un cri terrible déchira la gorge d'Akuhara, les ténèbres explosant vers l'extérieur. Kai trébucha en arrière, les yeux écarquillés tandis qu'elle regardait la lumière s'éteindre dans le regard de sa sœur. Son dragon rugit de douleur et s'éloigna d'Hikari, volant maladroitement avant de s'écraser au sol dans une pluie de poussière. Hikari traversa le ciel en flèche, atterrissant sur le dragon tombé et mettant fin à ses convulsions.

Alors que le corps d'Akuhara s'affaissait, une vague d'incertitude parcourut les forces Drakka. Kai pouvait sentir leur détermination vaciller, mais savait que le danger était loin d'être écarté. Leur chef était tombée, mais ils menaçaient toujours de submerger la ville.

Kai ferma les yeux, puisant au plus profond d'elle-même. Elle sentit la pulsation chaleureuse de son lien avec Hikari, l'énergie ardente du Cœur de Flamme, et le pouvoir ancien de la cape en peau de dragon sur ses épaules. Les éléments tourbillonnaient autour d'elle, répondant à son appel.

—Plus jamais, déclara Kai, sa voix portant à travers le champ de bataille. Elle commença à tisser ensemble les énergies disparates, guidée par un savoir ancestral qui s'écoulait à travers leur lien.

Tandis que la puissance s'accumulait en elle, les pensées de Kai se tournèrent vers le poids de son devoir. Combien de vies étaient en jeu ? Combien faudrait-il sacrifier pour assurer la paix ? Ces questions brûlaient dans son esprit alors qu'elle canalisait chaque once de sa force dans son attaque imminente.

Ses yeux s'ouvrirent brusquement, embrasés d'une lumière surnaturelle. La puissance combinée des éléments et des ombres déferlait en elle, brillant plus fort et plus férocement que tout ce qu'elle avait ressenti auparavant. C'était comme si chaque fibre de son être était devenue un conduit pour une énergie pure et déchaînée.

Hikari hurla d'angoisse, la douleur et la détermination du dragon faisant écho à celles de Kai. Leur lien, déjà puissant, s'approfondit jusqu'à un niveau presque insupportable. Kai pouvait sentir les battements de cœur d'Hikari comme s'ils étaient les siens, leurs esprits fusionnant jusqu'à ce qu'elle ne sache plus où elle finissait et où le dragon commençait.

Je ne sais pas si je peux contenir cela, cria Kai à Hikari.

Ta force est mienne, et la mienne est tienne. Prends ce dont tu as besoin.

Alors que la puissance continuait de s'accumuler, Kai sentit une douleur brûlante traverser son dos. La cape commençait à se déchirer sous la tension des forces élémentaires qui la parcouraient. À chaque déchirure, Kai sentait sa connexion aux éléments se fracturer, menaçant de lui échapper complètement.

Malgré l'agonie qui déchirait son corps et le danger de perdre le contrôle, Kai persévéra. Elle leva les mains, canalisant chaque once de pouvoir qu'elle pouvait rassembler. Le tissu même de la réalité semblait se déformer autour d'elle.

Avec un dernier cri ébranlant la terre, Kai libéra l'énergie accumulée. Une explosion enflammée de magie jaillit de ses mains, engloutissant les forces Drakka dans un brasier aveuglant. Cette puissance était à la fois écrasante, magnifique et terrifiante.

Tandis que la magie se déversait hors d'elle, Kai sentit sa conscience commencer à s'effacer. Ses pensées se tournèrent vers Hikari, vers le lien indestructible qu'ils partageaient, et elle y trouva du réconfort.

Le grondement assourdissant de l'explosion s'estompa, cédant la place à un silence inquiétant. Alors que la fumée commençait à se dissiper, Kai cligna des yeux, sa vision floue et trouble. L'odeur âcre de cendre et de fumée emplit ses narines, la faisant tousser faiblement.

Hikari ?

Un grondement sourd lui répondit, et Kai sentit la présence réconfortante de son dragon à proximité. Tandis que sa vision s'éclaircissait, elle vit la dévastation qui les entourait. L'armée des Drakka gisait en ruines, machines de guerre écroulées et corps déchiquetés. Elle se tourna vers Zhencheng et des signes de vie commencèrent à apparaître.

Des survivants, leurs visages striés de suie et d'incrédulité, jetaient prudemment un coup d'œil hors de leurs cachettes. Le cri d'un enfant perça l'air, suivi du sanglot soulagé d'une mère. Lentement, les gens commencèrent à se rassembler, leurs yeux fixés sur Kai et Hikari avec un mélange d'admiration et de gratitude.

Un vieil homme s'approcha, ses robes en lambeaux et couvertes de sang.

—Vous... vous nous avez sauvés, dit-il, la voix tremblante. Les Drakka... ils ont disparu.

Kai essaya de répondre, mais ses forces s'évanouissaient rapidement. Le monde commença à tourner, et elle se sentit tomber. *Hikari,* tendit-elle son esprit, *je ne peux pas...*

Alors que la conscience lui échappait, Kai sentit l'étreinte chaude de l'aile d'Hikari l'envelopper. La présence du dragon dans son esprit était un baume apaisant, même si la douleur tenaillait leurs deux corps.

Repose-toi, la voix d'Hikari résonna dans ses pensées. *Tu en as fait plus qu'assez. Zhencheng est sauf.*

La dernière pensée cohérente de Kai fut pour l'immense tribut qu'avait exigé leur victoire. Tandis que les ténèbres la réclamaient, elle se demanda si le prix de la paix serait un jour vraiment payé en totalité.

15

Alors que la conscience lui revenait lentement, les doigts de Kai cherchèrent instinctivement la texture familière de sa cape. Au lieu de cela, ils rencontrèrent des restes en lambeaux, le vêtement autrefois puissant maintenant réduit à des bords effilochés et des trous béants. Elle força ses yeux à s'ouvrir, grimaçant sous l'effort.

— La cape, murmura-t-elle, la voix rauque. Elle est...

La voix grondante de Hikari emplit son esprit. *Une victime de notre victoire.*

Kai s'efforça de s'asseoir, son corps protestant à chaque mouvement. Elle tenait devant elle la cape ruinée, son essence magique disparue, dissipée comme la brume au soleil du matin. Tandis qu'elle luttait avec cette perte, elle sentit sa connexion aux éléments faiblir, comme une chandelle vacillant dans le vent.

Je le sens, dit Kai, une boule se formant dans sa gorge. *Les éléments... ils m'échappent.*

Kai tendit ses sens. La terre sous elle semblait assourdie, l'air moins réactif à son appel. C'était comme si une partie d'elle-même avait été arrachée, laissant une douleur creuse dans son sillage.

Est-ce que ça en valait la peine ? demanda-t-elle.

Les yeux du dragon rencontrèrent les siens, emplis d'un mélange de chagrin et de fierté. *Regarde autour de toi. La ville est debout. Ses habitants vivent. Quel est le prix d'une cape comparé à cela ?*

Kai hocha lentement la tête, ses doigts traçant les vestiges du vêtement magique. *Tu as raison, bien sûr. C'est juste que...*

Ses mots furent interrompus par le son des trompettes. Le rideau improvisé de sa tente de convalescence fut tiré, révélant un messager impérial dans des robes resplendissantes, quoique légèrement roussies.

— Kai Lin, annonça le messager en s'inclinant profondément. Sa Majesté Impériale requiert votre présence pour une cérémonie d'honneur. Vous et votre dragon devez être célébrés comme les sauveurs de Zhencheng.

Kai échangea un regard avec Hikari. *Je ne suis pas sûre d'être en état pour une cérémonie,* avoua-t-elle.

L'amusement du dragon ondula à travers leur lien.

Combien de temps suis-je restée inconsciente ?

Quelques jours, répondit Hikari. *Ils sont venus vérifier ton état chaque heure pour voir si tu t'étais réveillée. Ils sont désespérés de te rendre hommage.*

Kai n'était pas sûre de ce qu'elle en pensait, mais elle se leva précautionneusement de son lit malgré tout. Elle se rendit aussi présentable que possible et jeta un regard curieux autour de la tente.

Je ne les ai pas laissés te déplacer hors de ma vue, dit Hikari, lisant dans ses pensées. *Ils ont installé ceci là où tu t'es effondrée.*

Kai rit et le regretta immédiatement quand la douleur traversa son corps. Elle grimaça, attendant que la douleur passe avant de sortir de la tente. Elle suivit le messager, et Hikari resta tout près derrière elle.

Ils entrèrent dans ce qui restait du palais impérial, et Kai fut surprise de voir une grande foule affluer pour la cérémonie. Le plafond de la salle du trône était ouvert sur le ciel, son toit n'étant plus qu'un souvenir. Ses parents étaient là, et les larmes lui montèrent aux yeux. Avec tout ce chaos, elle n'avait pas pensé à demander de leurs nouvelles à Maître Satoshi.

L'empereur se leva de son trône et s'avança. — Kai Lin, entonna-t-il, sa voix portant jusqu'au moindre recoin de la salle. Vous avez fait ce que beaucoup croyaient impossible. Vous avez sauvé non seulement cette ville, mais le cœur même de notre empire.

Kai inclina la tête, sentant le poids de tous les regards sur elle. — Votre Majesté, je...

— Non, interrompit l'empereur, un sourire illuminant ses traits. Aujourd'hui, c'est nous qui nous inclinons devant vous. À l'étonnement de Kai, l'empereur s'abaissa sur ses genoux, puis pressa sa tête contre le sol à ses pieds en un geste de profond respect.

En se redressant, les yeux de l'empereur brillaient de fierté. — Kai Lin, votre bravoure et votre leadership se sont avérés inestimables. Je voudrais que vous siégiez parmi mon conseil, pour aider à guider notre empire dans cette nouvelle ère de paix.

Un murmure d'approbation parcourut la foule. Kai sentit son cœur s'accélérer, déchirée entre le devoir et la sensation tenace que son chemin se trouvait ailleurs. Elle jeta un regard à Hikari, cherchant des conseils dans ses yeux.

— Votre Majesté, commença Kai, sa voix stable malgré son tourment intérieur. Je suis profondément honorée par votre offre... Elle prit une profonde inspiration, sentant le poids de sa décision. ... mais je dois respectueusement décliner. Un halètement collectif parcourut la foule, et même les sourcils de l'empereur se levèrent de surprise.

— Mon chemin, continua Kai, sa voix devenant plus forte, ne se trouve pas dans les couloirs du pouvoir, mais parmi les gens que j'ai juré de protéger. La guerre est peut-être terminée, mais les cicatrices qu'elle a laissées sont profondes. Je souhaite aider à reconstruire ce qui a été perdu, pour m'assurer que les leçons de ce conflit ne soient pas oubliées. La menace des Drakka n'a pas disparu, pas complètement. Il y a des nids là-bas qui doivent être trouvés et détruits. Ces choses sont mon chemin. Avec tout le respect que je vous dois, je ne souhaite pas être une figure de proue dans votre conseil.

Elle rencontra le regard de l'empereur. — Votre Majesté, vous avez le pouvoir de mener notre peuple dans une nouvelle ère de paix et d'unité sans moi.

L'empereur hocha lentement la tête, une expression de compréhension illuminant son visage. — Votre sagesse continue de m'impressionner, Kai Lin. Très bien, j'honorerai votre décision.

De la nourriture fut apportée des cuisines royales, et Kai s'assit avec ses parents tandis qu'ils mangeaient ensemble. Ils parlèrent peu, préférant profiter de leur temps ensemble. Comme la cérémonie se terminait, Kai ressentit un mélange de soulagement et d'anticipation. Elle se tourna vers Hikari, qui avait été une présence silencieuse tout du long.

Es-tu prête pour un autre voyage ?

Le grondement de Hikari fut une réponse suffisante. Elle dit au revoir à sa famille et partit de Zhencheng avec Ryn et les Déchirés, laissant derrière elle les acclamations et les louanges pour le ciel ouvert.

Pendant qu'ils voyageaient, le paysage se transformait progressivement. La terre brûlée cédait la place à de tendres pousses d'herbe, et l'odeur de fumée était remplacée par le doux parfum des fleurs sauvages. Kai s'émerveillait de la résilience de la nature, sentant une étincelle d'espoir à chaque signe de renouveau.

Dans un petit village, ils s'arrêtèrent pour se reposer. Kai observait les villageois travaillant ensemble pour reconstruire des maisons, leurs visages marqués par la détermination plutôt que par le désespoir. Une jeune fille s'approcha, offrant à Kai et ses compagnons une poignée de baies fraîchement cueillies.

— Pour la dresseuse de dragon qui nous a sauvés, dit l'enfant, ses yeux écarquillés d'admiration.

Kai accepta le cadeau avec un sourire, la gorge serrée par l'émotion. — Merci, murmura-t-elle, réalisant que ceci — ce moment de simple gentillesse — était la raison pour laquelle elle avait accepté cette voie.

Alors qu'ils poursuivaient leur voyage, les pensées de Kai dérivèrent vers les défis qui les attendaient. Une fois les nids détruits, elle voulait réparer Tatenagawa. La restauration du temple ne serait pas une mince affaire, mais elle savait que c'était nécessaire. Il se dresserait comme un phare d'espoir, un rappel de ce qui pouvait être accompli quand les gens s'unissaient contre les ténèbres.

16

Alors que les jours se transformaient en semaines, Ryn percevait de moins en moins la présence des œufs de Drakka. Ils avaient détruit plus d'une douzaine de nids, et maintenant ils se tenaient devant l'entrée du dernier. La caverne se dressait devant eux, sa gueule déchiquetée s'ouvrant comme si la terre elle-même s'était fendue pour déverser ses sombres secrets. Kai se tenait à l'entrée, sa main reposant sur le pommeau de son épée. L'air était chargé d'une odeur sulfureuse et écœurante qui lui retournait l'estomac. Hikari s'agita à côté d'elle, ses écailles dorées scintillant faiblement dans la lumière qui filtrait à travers le ciel orageux.

Derrière eux, les Déchirés attendaient en silence. Ryn s'avança, le visage grave. — C'est le plus grand nid que nous ayons trouvé jusqu'à présent, dit-il d'une voix basse. Dès que nous l'aurons détruit, la menace des Drakka sera définitivement écartée.

Kai acquiesça, son regard fixé sur l'obscurité devant elle. — Nous avons presque terminé, dit-elle. Sa voix était ferme, mais une lueur d'inquiétude dansait aux confins de ses pensées. Chaque nid qu'ils avaient détruit avait exigé son tribut — sur leur force et sur leur moral. Pour une raison qu'elle ne pouvait expliquer, la destruction des œufs était devenue un poids sur elle, sur eux tous, qu'ils ne pouvaient ignorer. Elle soupçonnait une sorte de malédiction, peut-être un enchantement laissé par Akuhara.

La voix grondante d'Hikari interrompit ses pensées. *Les œufs ne résisteront pas, mais l'acte lui-même vous épuisera. Vous devez être prêts.*

Je le suis, répondit Kai, resserrant sa prise sur son épée. — Nous sommes allés trop loin pour faiblir maintenant. Ces derniers mots étaient destinés à Ryn alors qu'elle jetait un regard par-dessus son épaule.

Ryn hocha la tête, faisant signe aux autres. Les Déchirés prirent formation, armes à la main. Ils étaient moins nombreux maintenant que lorsqu'elle les avait rencontrés pour la première fois. Chaque perte pesait sur le cœur de Kai, mais elle mit son chagrin de côté. Il y aurait du temps pour pleurer quand les derniers vestiges des Drakka auraient disparu.

Le groupe s'enfonça dans la caverne, l'obscurité les engloutissant entièrement. Les parois étaient luisantes d'humidité, et l'air devenait plus chaud à chaque pas. La pulsation faible et rythmique des œufs résonnait dans la chambre, un son qui faisait frissonner Kai.

Le nid était immense, son sol jonché d'amas d'œufs. Leurs coquilles translucides pulsaient faiblement d'une lueur inquiétante.

— Dispersez-vous, ordonna Kai.

Les Déchirés se mirent en position. Hikari libéra un jet de flammes contrôlé, les flammes léchant les œufs. Les coquilles extérieures sifflèrent et craquèrent sous la chaleur, la lumière en leur sein vacillant comme des braises mourantes.

Kai s'avança, son épée levée, et l'abattit d'un coup net. L'œuf se brisa, son contenu se répandant en un liquide visqueux et sombre. Elle passa au suivant, puis au suivant, chaque coup la rapprochant de la fin de ce cauchemar.

Les Déchirés suivirent son exemple, enfonçant leurs lames dans les œufs avec une détermination sinistre. Hikari montait la garde, utilisant ses flammes pour brûler davantage d'œufs tandis qu'ils travaillaient par sections. La caverne résonnait du bruit des coquilles qui se brisaient et des respirations lourdes des Déchirés.

Quand le dernier œuf fut détruit, Kai abaissa son épée, la poitrine haletante d'épuisement. Elle regarda autour de la caverne, maintenant silencieuse et vide. Le poids de ce qu'ils avaient fait pesait sur elle, mais elle refusa de se laisser écraser. C'était nécessaire. C'était le prix de la liberté.

Ryn s'approcha d'elle, le visage pâle. — C'est fini.

Kai acquiesça, son regard s'attardant sur les restes calcinés du nid. — Nous les avons tous détruits.

***

Le village de Taepo n'était plus que l'ombre de lui-même. Ce qui était autrefois une ville animée avec des marchés vibrants et des bannières colorées n'était plus qu'un amas de cendres et de décombres. L'odeur âcre de la fumée persistait dans l'air, se mêlant au goût salé de la mer voisine. Kai se tenait au centre de la place, son regard balayant cette scène de dévastation. Des familles fouillaient les décombres de leurs maisons, cherchant tout ce qui pouvait être récupéré. Les enfants s'accrochaient à leurs parents, leurs grands yeux emplis de peur et d'incertitude.

Hikari s'agita derrière elle, sa forme massive projetant une longue ombre sur la place. La vue du dragon doré semblait susciter un mélange d'émotions chez les villageois. Certains la regardaient avec admiration et gratitude, d'autres avec crainte. Kai ne pouvait pas leur en vouloir. Pendant des années, les dragons avaient été le signe que des Drakka étaient proches.

— Nous devons commencer par les abris, dit Kai en se tournant vers Ryn qui se tenait à ses côtés. Les villageois ne survivront pas à l'hiver exposés comme ça.

Ryn hocha la tête, son expression grave. — Il y a assez de bois dans la forêt pour construire des habitations temporaires. Je vais organiser les Déchirés pour aider.

— Merci.

Ryn fit un bref signe de tête et s'éloigna pour rassembler les autres. Kai reporta son attention sur les villageois. Prenant une profonde inspiration, elle monta sur les restes de ce qui avait été une fontaine, élevant la voix pour s'adresser à la foule.

— Peuple de Taepo, commença-t-elle. Je sais que vous avez souffert. Je sais que les cicatrices de l'attaque des Drakka sont profondes. Mais vous n'êtes pas seuls. Nous sommes ici pour vous aider à reconstruire — pas seulement vos maisons, mais vos vies. Ensemble, nous restaurerons ce qui a été perdu et le rendrons plus fort.

Les villageois s'arrêtèrent dans leur travail, tournant leurs yeux vers elle. Pendant un instant, il n'y eut que le silence, puis un homme s'avança, son visage marqué par l'âge et le chagrin. — Et qu'en est-il du dragon ? demanda-t-il, la voix tremblante. Pourquoi est-il ici ?

Kai jeta un coup d'œil à Hikari, qui baissa légèrement la tête, leurs regards se croisant. Elle se retourna vers l'homme, sa voix ferme. — Hikari est ici pour aider, tout comme moi. Il n'y a plus rien à craindre. Les Drakka ont disparu.

L'homme hésita, puis fit un lent signe de tête. La tension dans l'air s'allégea, et les villageois retournèrent à leur travail. Kai descendit de la fontaine, laissant échapper un soupir silencieux. Gagner les cœurs s'avérait aussi difficile que gagner des batailles.

Vers midi, la place s'animait d'activité. Les Déchirés travaillaient aux côtés des villageois, coupant du bois, déblayant les débris et érigeant les charpentes de nouvelles maisons. Kai les rejoignit, retroussant ses manches pour soulever des poutres et enfoncer des clous tandis qu'Hikari utilisait ses énormes griffes pour aider à dégager les plus gros débris. La vue du dragon travaillant à leurs côtés semblait adoucir la peur de certains villageois, bien que d'autres gardaient toujours un œil sur leurs alentours.

— Cette poutre va ici, cria Ryn, dirigeant un groupe de villageois qui hissaient une poutre de soutien à sa place. Kai s'avança pour aider à la stabiliser, ses bras tendus sous le poids. Ensemble, ils la fixèrent, et la structure d'une nouvelle maison commença à prendre forme.

— Ça prend forme, dit Ryn, essuyant la sueur de son front.

Kai hocha la tête, son regard dérivant vers un groupe d'enfants qui observaient depuis le bord de la place. L'un d'eux, un garçon qui ne devait pas avoir plus de huit ans, serrait dans ses mains un dragon en peluche élimé. Il fixait Hikari avec un mélange de fascination et de peur.

Kai s'accroupit, faisant signe au garçon d'approcher. Il hésita mais finit par avancer d'un pas timide. —Comment t'appelles-tu ? demanda-t-elle doucement.

—Jin, dit-il, d'une voix à peine audible.

Kai sourit. —Jin, voudrais-tu rencontrer Hikari ?

Les yeux du garçon s'écarquillèrent, et il serra sa peluche plus fort. —Elle ne me fera pas de mal ?

—Non, affirma Kai fermement. Hikari ne ferait jamais de mal à quelqu'un qu'elle a juré de protéger.

Elle tendit la main et, après un moment, Jin la prit. Ensemble, ils s'approchèrent d'Hikari, qui abaissa sa tête massive à leur niveau. Kai posa une main sur le museau du dragon, encourageant Jin à faire de même. Le garçon hésita, puis tendit le bras, sa petite main tremblante touchant les écailles chaudes et dorées.

Hikari gronda doucement, un son qui semblait vibrer à travers le sol. Le visage de Jin s'illumina d'un sourire, et il se tourna pour montrer son dragon en peluche à Hikari. —Regarde ! Tu lui ressembles !

Kai pouffa de rire, et pendant un instant, le poids sur ses épaules sembla s'alléger. Ces petits moments de connexion étaient ce qui aiderait à guérir les blessures laissées par la guerre.

À la tombée de la nuit, la place du village s'était transformée. Plusieurs charpentes de nouvelles maisons se dressaient fièrement, et les villageois se rassemblaient autour d'un grand feu au centre de la place. Kai était assise avec les Déchirés, son corps endolori par le travail de la journée mais le cœur comblé. Hikari était lovée à proximité, ses écailles reflétant la lumière du feu.

Ryn tendit à Kai un bol de ragoût, qu'elle accepta avec reconnaissance. —C'est un début, dit-il, en hochant la tête vers les progrès qu'ils avaient réalisés.

Kai acquiesça. —Un début, c'est tout ce dont nous avons besoin. Le reste suivra.

Tandis que les villageois partageaient histoires et rires autour du feu, Kai s'accorda un rare moment de paix. La bataille contre les Drakka avait été gagnée, mais celle pour reconstruire ne faisait que commencer. Pourtant, elle ne pouvait s'empêcher de sentir l'espoir s'éveiller en elle. Ils avaient survécu. Ils allaient de l'avant. Et ensemble, ils renaîtraient de leurs cendres.

17

Au printemps, Kai revint aux ruines croulantes du temple Tatenagawa, ses yeux parcourant les restes squelettiques des piliers et arches autrefois majestueux. Des fragments de tuiles ornées craquaient sous ses pas tandis qu'elle marchait, chaque mouvement ravivant ses souvenirs.

C'est étrange, dit Kai. *De revenir là où tout a commencé.*

Dans son esprit, elle revoyait les visages de ceux qui étaient tombés : Kokoro, Liu, et d'innombrables autres. — Je ne laisserai pas vos sacrifices être vains, promit-elle, les poings serrés.

Elle contempla les ruines avec un espoir renouvelé. Là où d'autres ne verraient que destruction, Kai imaginait des flèches élancées et des cours ouvertes. Elle pouvait presque entendre les rires des jeunes dragonniers résonner dans les couloirs restaurés.

Qu'en penses-tu, Hikari ? demanda Kai, se tournant vers le dragon. *Peux-tu le voir aussi ?*

Les yeux d'Hikari rencontrèrent ceux de Kai, un grondement sourd émanant de sa poitrine. La queue du dragon fouetta l'air, provoquant une petite cascade de gravats sur un monticule proche.

Kai rit doucement. *Je prends ça pour un oui.*

Elle s'approcha d'Hikari, sa main cherchant instinctivement le Cœur de Flamme qui pendait à sa ceinture. L'artefact dormant était chaud au toucher, un doux rappel de la puissance qui l'avait jadis traversé.

— Nous avons gagné, murmura Kai, la voix chargée d'émotion. Elle caressa les écailles d'Hikari, sentant la forte pulsation de leur lien.

Alors que ces mots quittaient ses lèvres, les premiers rayons de l'aube rampaient à l'horizon, baignant les ruines d'une douce lumière dorée. Kai et Hikari se tenaient côte à côte, leurs silhouettes se fondant tandis qu'elles contemplaient le ciel qui s'éclaircissait.

En cet instant, Kai ressentit une profonde paix l'envahir. La route devant elles serait longue et ardue, mais avec Hikari à ses côtés et les leçons de leur voyage gravées dans son cœur, elle savait qu'elles pourraient affronter les nombreux défis qui les attendaient.

Es-tu prête à commencer le vrai travail ?

Le rugissement d'Hikari en réponse résonna à travers la contrée, annonçant l'aube d'une nouvelle ère.

LA FIN

À PROPOS DE L'AUTEUR

Bonjour!

Je suis un auteur fantastique qui adore écrire sur les dragons. J'ai publié plus de 40 livres et j'ai l'intention d'en écrire bien d'autres.

J'espère que vous avez apprécié ce livre et merci de l'avoir lu.

Vous pouvez me suivre sur les réseaux sociaux pour me contacter directement sur https:www.facebook.com/dragonfirepress.

L'ÉCAILLE
DU
DRAGON
RICHARD FIERCE